LA MERE COQUETTE, OU LES AMANS BROÜILLEZ,

COMEDIE.

Sur l'Imprimé

A PARIS,

Se vend à AMSTERDAM,

M. DC. LXVI.

employ ne doit estre reservé, à son defaut, qu'à des Génies qui soient, s'il est possible, de l'excellence du sien; & ma temerité ne seroit pas excusable, si je ne la bornois en cette occasion à la liberté que j'ose prendre de Vous protester que je suis avec tout le respect que je vous doy,

MADAME,

Vostre tres-humble, & tres-obeïssant Serviteur,

QUINAULT.

A C-

ACTEURS.

LAURETTE, Servante d'Ismene.

CHAMPAGNE, Valet de Chambre d'Acante.

ACANTE, Amant d'Isabelle.

LE MARQUIS, Cousin d'Acante.

CREMANTE, Pere d'Acante.

ISABELLE, Fille d'Ismene.

ISMENE, Mere d'Isabelle.

LE PAGE DU MARQUIS.

La Scene est à Paris, dans une Salle du Logis d'Ismene.

A MADAME

MADAME

LA DUCHESSE

DE MONTAUSIER

DAME D'HONNEUR

DE LA REYNE.

ADAME,

Vous voyez combien il est dangereux d'avoir quelquefois trop d'indulgence pour ceux qui se meslent d'écrire : l'approbation dont Vous avez honoré cette Comedie, m'a donné la hardiesse de Vous l'offrir, & voila ce que Vous couste la bonté que Vous avez euë d'en vouloir dire trop de bien. Je ne doute pas, MADAME, que si je m'estois rendu justice, je n'eusse jugé plus modestement de la grace que Vous avez faite à cet Ouvrage ; mais il est si naturel de se flater, & si avantageux de Vous plaire, qu'il n'y

a point de modestie qui puisse tenir contre des loüanges aussi glorieuses que les Vostres. Pardonnez-moy donc, s'il Vous plaist, l'audace que j'ay de Vous faire un Présent si peu digne de Vous : pour essayer de Vous le rendre moins fâcheux, j'en retrancheray les éloges que Vous pourriez craindre d'une Epistre dédicatoire. Ce n'est pas, MADAME, une legere peine que je m'impose : je ne connoy point de violence au Monde, qui soit égale à celle de s'empescher de Vous loüer; mais la foiblesse que je sens en moy, doit arrester le zele qui m'emporte; & l'ILLUSTRE JULIE du fameux Voiture est dans un si haut degré de gloire, qu'une Plume comme la mienne n'y peut toucher sans profanation. En verité, MADAME, c'est grand dommage que cet Homme si plein d'esprit n'ait assez vescu pour estre témoin de la derniere perfection d'un Merite qu'il a tant admiré dans sa naissance & dans son progrés : Il seroit extrêmement à souhaiter qu'une mort moins precipitée luy eust permis de voir les endroits les plus éclatans de Vostre Vie, & luy eust laissé le loisir de les mettre dans leur plus beau jour. L'honneur de cet employ

LA MERE COQUETTE,

OU LES AMANS BROÜILLEZ.

COMEDIE.

ACTE I.

SCENE PREMIERE.

LAURETTE, CHAMPAGNE.

LAURETTE.

U n'es donc pas content? Vrayment, c'eſt une honte,
Je t'ay bayſé deux fois.

CHAMPAGNE.

Quoy! tu baiſes par conte!
Apres un an d'abſence, au retour d'un Amant,
Tu crois que deux baiſers, ce ſoit contentement?

LAURETTE.

Hé, mon Dieu! patience un de ces jours j'eſpere
Que de moy ſur ce poinct tu ne te plaindras guere.
Mais parlons de mon Maiſtre, & ſans déguiſement.

CHAMPAGNE.

N'ay-je pas là deſſus écrit bien amplement?

LAURETTE.

Oüy qu'on t'avoit fait faire en vain un grãd voyage,
Pour chercher ce bon Homme, & l'oster d'esclava-
Et que n'en ayant pû trouver nulle clarté, (ge,
Tu revenois enfin sans l'avoir racheté :
A ce conte, il est mort ?

CHAMPAGNE.

Cela ne veut rien dire,
Et ta Maistresse encor n'a que faire de rire.

LAURETTE.

Comment rire ?

CHAMPAGNE

Oh, que non

LAURETTE.

Qu'est-ce donc que tu crois ?

CHAMPAGNE.

Mais toy, tu me crois donc un Sot comme autrefois?
Je ne l'estois pas tant que tu l'aurois pû croire,
Quand je te dis adieu.... Si j'ay bonne memoire,
Ce fut en cette Salle, en ce lieu justement,
Comme je te faisois mon petit compliment,
T'asseurois de mon mieux d'une ardeur sans secon-
Eh, je m'en acquittay, je croy.... (de

LAURETTE.

Le mieux du monde.

CHAMPAGNE.

Ta Maistresse survint, qui nous fit separer,
Avec elle en sa Chambre elle te fit entrer ;
Et chagrin de nous voir separez de la sorte,
Je voulus par dépit écouter à la porte.
J'ay l'oreille un peu fine, elle avoit le cœur gros,
Elle le débonda d'abord par des sanglots,
Puis d'un ton assez aigre, elle te fit entendre

Quels

Quels maux de mon voyage elle devoit attendre,
Que j'allois luy chercher un Epoux irrité
D'avoir languy long-temps dans la captivité,
Qu'elle alloit à son tour entrer dans l'esclavage;
Enfin qu'apres sept ans d'espoir d'un doux veufvage,
Un vieux Mary chagrin viendroit troubler le cours
De ses plus doux plaisirs, & de ses plus beaux jours.
J'en aurois bien oüy davantage sans peine,
Mais on vint à sortir de la Chambre prochaine;
J'eus peur d'estre surpris, & je vois à regret
Que tu n'as pas voulu m'avoüer ce secret.

LAURETTE.

C'est ta faute.

CHAMPAGNE.

Ma faute?

LAURETTE.

Oüy, je te le proteste.

CHAMPAGNE.

Si tu m'aimois assez....

LAURETTE.

Va, je t'aime de reste.

CHAMPAGNE.

Quel secret entre Amans doit-on jamais avoir?

LAURETTE.

Tu ne sçaurois rien taire, & tu veux tout sçavoir?
Crois-tu que quand je garde avec toy le silence,
Je ne me fasse pas beaucoup de violence?
Je suis Fille, je t'aime, & me tais à regret,
Ce m'est un grand fardeau, que le moindre secret:
Mais j'ay trop éprouvé ton caquet invincible,
Et ne m'y puis fier, sans estre incorrigible.

CHAMPAGNE.

Va, va, j'ay veu le Monde, & je suis bien changé;

Si j'eus quelque defaut, je m'en suis corrigé;
Je sçay comme il faut vivre, & vivre avec adresse,
Je reviens du Païs des sept Sages de Grece;
Et pour te faire voir que je me tais fort bien,
Je sçais un grand secret dont tu ne sçauras rien.

LAURETTE.

Qui? moy?

CHAMPAGNE.

Toy-méme.

LAURETTE.

Encor, quel secret pourroit-ce estre?

CHAMPAGNE.

Un secret qui me pert, s'il est sceu de mon Maistre.
Son vieux Pere, sur tout, fâcheux au dernier poinct,
Est homme, là-dessus, à ne pardonner point.

LAURETTE.

Je ne puis donc prétendre à sçavoir ce mystére?

CHAMPAGNE.

N'estoit que tu croirois que je ne me puis taire,
Vois-tu, je t'aime assez pour ne te rien celer;
Mais tu m'accuserois encor de trop parler.

LAURETTE.

Point, cela n'est pour moy d'aucune consequence.

CHAMPAGNE.

Je veux sçavoir garder desormais le silence;
Et si je te dis tout, peut-estre tu croiras....

LAURETTE

Point du tout, je croiray tout ce que tu voudras.

CHAMPAGNE.

Tu sçais quelle amitié de tout temps fit paraistre,
L'Epoux de ta Maistresse au Pere de mon Maistre;
Qu'ils estoient grãds Amis, n'estant encor qu'enfans,

Et

Et qu'il y peut avoir déja pres de huit ans, (res,
Que ton Maistre embarqué sur Mer pour ses affai-
Fut pris; & chez les Turcs vendu par des Corsaires.
Tu sçais que ta Maistresse en eust peu de douleur,
Et tres-patiamment suporta ce malheur;
Que loin de rechercher, craignant sa delivrance,
Elle le tint pour mort, & prit le deüil d'avance.
Tu sçais fort bien aussi que la vieille amitié (tié,
Fit qu'enfin mon vieux Maistre en eust quelque pi-
Et me chargea de faire en Turquie un voyage,
Pour chercher & tirer son Amy d'esclavage.
Je fus, comme tu sçais, m'embarquer pour cela,
Tu sçais enfin.... Comment! quels gestes fais-tu là?

LAURETTE.

C'est que le sang me bout, franchemẽt, à t'entendre:
Si je sçay tout cela, que sert de me l'apprendre.

CHAMPAGNE.

Je t'ay voulu conter le tout de poinct en poinct.

LAURETTE.

Conte-moy simplement ce que je ne sçay point.

CHAMPAGNE *luy faisant signe de se taire.*

Donc....au moins.

LAURETTE.

Oüy, dy donc.

CHAMPAGNE.

Veux-tu que je te die?
Je n'ay, ma foy, jamais esté jusqu'en Turquie.

LAURETTE.

Comment?

CHAMPAGNE.

Un vent fâcheux à Malte nous jetta,
Où d'un certain vin Grec le charme m'arresta:
Ta Maistresse aussi bien....

LAURETTE,

Laiſſe là ma Maiſtreſſe ;
Si l'on t'interrogeoit....

CHAMPAGNE.

Me crois tu ſans adreſſe ?
Un Vaiſſeau Turc fut pris, un Eſclave Chreſtien,
François, & pas trop ſot pour un Pariſien,
Trouvé ſur ce Vaiſſeau, fut mis hors d'eſclavage ;
Il eſtoit vieux, caſſé, j'eus pitié de ſon âge,
Je l'ay par charité juſqu'à Paris conduit,
Et du Païs des Turcs il m'a fort bien inſtruit.
Veux tu voir ſi je ſçay....

LAURETTE.

Moy ! puis-je m'y connoiſtre ?

CHAMPAGNE.

N'importe.

LAURETTE.

Quelqu'un vient, c'eſt Acante, ton Maiſtre.

SCENE II.

ACANTE, LAURETTE, CHAMPAGNE.

LAURETTE.

VOus nous trouvez cauſans Monſieur Champagne & moy.

ACANTE.

Vous vous aimez toûjours, à ce que je connoy.

CHAMPAGNE.

Eh ! pourquoy non, Monſieur ?

LAURETTE.

Avec méme tendreſſe.

ACAN-

ACANTE.
Que vous estes heureux! Mais voit-on ta Maistresse?

LAURETTE.
On ne peut voir Madame encor de quelque temps,
Elle est à sa toilette.

ACANTE.
Il suffit, & j'attens.

CHAMPAGNE.
C'est à dire entre nous, que Madame se farde.

LAURETTE.
Ne retiendras-tu point ta langue babillarde?

CHAMPAGNE.
Eh! ce n'est qu'entre nous.

ACANTE.
Que dites-vous tout bas?

LAUERETTE.
Que la Mere en ces lieux n'attire point vos pas;
Que la Fille plûtost...

ACANTE.
Quoy! l'ingrate Isabelle?
Je l'aimois, je l'avouë, & d'une ardeur fidelle,
Dés mes plus jeunes ans je m'en sentis charmé,
Et je puis dire, helas! qu'alors j'estois aimé;
J'en avois chaque jour quelque douce asseurance,
Tant qu'elle fut dans l'âge où regne l'innocence.
Elle vit avec joye, & mesme avec transport
Nos deux Peres amis, de nostre Hymen d'accord;
Et j'attendois des nœuds qu'en nous on voyoit croistre,
Une eternelle amour, s'il en peut jamais estre.
J'avois crû que son cœur pourroit se dégager
Du penchant naturel qu'a son Sexe à changer;
Mais l'Ingrate, au mépris d'un feu tel que le nostre,
Est changeante, sans foy, Fille enfin comme une autre.

LAURETTE.

C'est traitter un peu mal nostre Sexe à mes yeux ;
Les Hommes, par ma foy, ne valent guere mieux ;
Et tel qui nous impute une inconstance extréme,
Souvēt cherche querelle,& veut chāger luy-méme;
Quand les traistres sont las, Messieurs sont les jaloux.

ACANTE.

Crois-tu....

LAURETTE.

Ce que j'en dis, Monsieur, n'est pas pour vous.
Isabelle, sans doute, agit d'une maniere
Qui fait voir qu'avec vous elle rompt la premiere ;
Et malgré ses mépris, malgré tous ses rebuts,
Je ne jurerois pas que vous ne l'aimiez plus.

ACANTE.

Moy! que j'aime une Ingrate! une incostāte Fille!....
Mais est-elle en sa Chambre ?

LAURETTE.

Oüy, Monsieur, qui s'habille ;
Un Homme y vient d'entrer.

ACANTE.

Qui ?

LAURETTE.

Qui vous craint fort peu.
Beau, jeune.

ACANTE.

Et c'est ?

LAURETTE.

Déja vous voila tout en feu ;
Il n'a que soixante ans, c'est Monsieur vostre Pere.

ACANTE.

Mon Pere ? Eh ! que fait-il ?

LAURETTE.

Eh! que pourroit-il faire?
Courbé sur son baston, le bon petit Vieillard
Tousse, crache, se mouche, & fait le goguenard;
De contes du vieux temps étourdit Isabelle; (le.
C'est tout ce que je croy qu'il peut faire auprés d'el-

ACANTE.

Crois-tu qu'elle aime ailleurs?

CHAMPAGNE.

Là, dy.

LAURETTE.

Je le croy bien;
Mais pour dire qui c'est, Monsieur, je n'en sçay rien.

CHAMPAGNE.

Seroit-ce point....

ACANTE.

Qui donc?

CHAMPAGNE.

Attendez, que j'y pense.
Le Marquis?

ACANTE.

Mon Cousin? J'y voy peu d'apparence.

LAURETTE.

Il est vray, ce Cousin, respect la Parenté,
Est un jeune étourdy bouffy de vanité,
Qui cache dans le faste, & sous l'enorme enflure
D'une grosse Perruque, & d'une Garniture,
Le plus badin Marquis qui vit jamais le jour,
Et pour tout dire enfin, un Sot suivant la Cour.

CHAMPAGNE.

N'importe, il est Marquis, c'est ainsi qu'on le nom-
Et ce Titre par fois rajuste bien un Homme. (me,

ACANTE.

Ah! si c'estoit pour luy... Non, je ne le croy pas,
Isabelle n'a point des sentimens si bas;
Quelque juste dépit qui contre elle m'aigrisse,
Je ne luy sçaurois faire encor cette injustice;
Mais si je connoissois mon Rival trop heureux....

LAURETTE.

Ah! vous estes, Monsieur, encor bien amoureux!

ACANTE.

Non, je ne veux plus l'estre apres un tel outrage.

LAURETTE.

Quand on l'est malgré soy, l'on l'est bien davantage;
On ne m'y trompe pas, je m'y connoy trop bien.

ACANTE.

Helas! que l'orgueilleuse au moins n'en sçache rien;
Si l'Ingrate qu'elle est, connoissoit ma tendresse,
Elle triompheroit encor de ma foiblesse.

LAURETTE.

Vrayment, sans luy rien dire, elle en triomphe assez,
Et vous raille en secret plus que vous ne pensez,
Elle ne croit que trop que vous l'aimez encore.

ACANTE.

L'Ingrate me méprise, & croit que je l'adore;
Dy-luy qu'elle s'abuse; oüy, mais dy-luy si bien....

LAURETTE.

Ma foy, j'auray beau dire, elle n'en croira rien,
Elle tient vostre cœur trop seur sous son Empire.

ACANTE.

Je l'empescheray bien de m'en oser dédire,
Ce cœur, ce lâche cœur....

SCENE III.

LE MARQUIS, ACANTE, CHAMPAGNE, LAURETTE.

LE MARQUIS.

AH! Cousin, te voila ;
Bon-jour, Que je t'embrasse. Encor cette fois là.

ACANTE.

Ah ! vous me meurtrissez ! Laurette se retire ?

LAURETTE.

MonsieurChampagne encor a deux mots à me dire.

LE MARQUIS.

Comment, MonsieurChampagne! Il est dõc revenu?
Il sent son honneste Homme, & je l'ay méconnu ;
Lors qu'il estoit Laquais, il n'estoit pas si sage.

CHAMPAGNE.

Ny vous nõ plus, Mõsieur, lors que vous estiez Page.

LE MARQUIS.

Nous estions grands Fripons.

CHAMPAGNE.

Vous l'estiez plus que moy.

LE MARQUIS.

Je te veux servir.

CHAMPAGNE.

Ouf, vous m'étranglez, ma foy.

LE MARQUIS.

Eh, Laurette !

LAURETTE.

Ah, Monsieur ! avec moy, je vous prie,
Tréve de compliment, & de ceremonie.

Laurette & Champagne se retirent.

ACANTE.

Estimez-vous beaucoup l'air dont vous affectez
D'estropier les Gens par vos civilitez,
Ces complimens de main, ces rudes embrassades,
Ces saluts qui font peur, ces bôs jours à gourmades?
Ne reviendrez-vous point de toutes ces façons?

LE MARQUIS.

Ho, hó, voudrois tu bien me donner des leçons,
A moy, Cousin? à moy?

ACANTE.

C'est un avis sincere,
Et ce que je vous suis, me defend de me taire:
On peut plus sagement exprimer l'amitié.

LE MARQUIS.

Eh! mon pauvre Cousin, que tu me fais pitié!
Tu veux donc faire prendre un air modeste & sage
Aux Gens de ma volée, aux Marquis de mon âge?
Va, tu sçais peu le Monde, & la Cour, si tu crois
Qu'on puisse estre Marquis, jeune, & sage à la fois?
Il faut estre à la mode, ou l'on est ridicule;
On n'est point regardé, si l'on ne gesticule;
Si dans les jeux de main, ne cedant à pas-un,
On ne se sçait un peu distinguer du commun.
La Sagesse est niaise, & n'est plus en usage,
Et la Galanterie est dans le badinage.
C'est ce qu'on nomme adresse, esprit, vivacité,
Et le veritable air des Gens de qualité.

ACANTE.

On peut voir toutesfois, pour peu que l'on raisône...

LE MARQUIS.

Où l'usage prévaut, nulle raison n'est bonne.

ACANTE.

Mais....

LE

LE MARQUIS.

Ne t'érige point, de grace, en raisonneur ;
Morbleu, c'est un defaut à te perdre d'honneur,
Tâche à t'en corriger, & changeons de matiere.
Je viens chercher icy ton Pere à ta priere ;
Je veux en ta faveur luy parler comme il faut.

ACANTE.

Il est dans cette Chambre, & sortira bien-tost ;
Sur tout....

LE MARQUIS.

Tu me dis hier tout ce qu'il luy faut dire,
Laisse-moy seulement.

ACANTE.

Quoy! que je me retire,
Sans m'informer de luy du moins de sa santé ?

LE MARQUIS.

Hé! ne te pique point de tant d'honnesteté ;
Dans un Fils tel que toy, croy-moy, l'on n'aime gue-(re
Ces soins si curieux de la santé d'un Pere.
Le Bon-Homme pour toy ne mourra que trop tard.

ACANTE.

Vous croyez....

LE MARQUIS.

Avec moy, Cousin, finesse à part ;
Nous sçavons ce que c'est que la perte d'un Pere,
Jamais de ce malheur, Fils ne se desespere ;
Et l'on trouve toûjours aux douceurs d'heriter,
Des consolations qu'on ne peut rejetter.
Quelqu'honeste grimace enfin qu'on puisse faire,
Tout Pere qui vit trop, court danger de déplaire,
Ton chagrin pour le tien n'a que trop éclaté.

ACANTE.

Si j'ay quelque chagrin, c'est de sa dureté,

De luy voir chaque jour retrancher ma dépense,
Et d'un air dont pour luy je rougis quand j'y pense;
Mais ce n'est pas encor sa plus grande rigueur :
De plus, ce coup sur tout m'a percé jusqu'au cœur;
Luy-méme qui pour moy fit le choix d'Isabelle,
A cessé d'approuver mon Hymen avec elle,
M'a dit qu'il s'avisoit de m'engager ailleurs,
Et jettoit l'œil pour moy sur des Partis meilleurs.
J'eus beau de mon amour luy marquer la tendresse,
Il la nomma folie, aveuglement, foiblesse,
Et paya mes raisons, sans en estre adoucy,
D'un *Je suis vostre Pere, & je le veux ainsy*.

LE MARQUIS.

Laissons l'Amour à part, parlons pour ta dépense;
Mais sors, j'entens tousser, & le bon Homme avance.

SCENE IV.

CREMANTE, LE MARQUIS.

CREMANTE *en toussant.*

C'Est vous, mon cher Neveu ! qui vous croyoit si pres?

LE MARQUIS.

Achevez de tousser, vous parlerez apres,
Vous allez étouffer, ce n'est point raillerie;
Quelques coups sur le dos....

CREMANTE.

Doucement, je vous prie.
La moindre émotion me fait tousser d'abord.

LE MARQUIS.

Et qui peut si matin vous émouvoir si fort?

CREMANTE.

Je vay vous tout conter sans feinte & sans grimace.

Pour vous....

LE MARQUIS.

Sans compliment.

CREMANTE.

Couvrons nous donc, de grace.

LE MARQUIS.

Mettez.

CREMANTE.

Eh !

LE MARQUIS.

Laissez moy.

CREMANTE.

Quoy ! ne vous couvrir pas ?

LE MARQUIS.

Non.

CREMANTE.

Quoy ! vous....

LE MARQUIS.

Morbleu, non.

CREMANTE.

Vous laisser chapeau bas!
Moy! souffrir d'un Marquis ce respect !

LE MARQUIS.

Non je jure.
C'est moins respect pour vous, que soin pour ma coëffure ;
Celuy de se couvrir n'est bon qu'aux vieilles Géns.

CREMANTE.

Eh! l'on n'est pas si vieux encore à soixante ans.

LE MARQUIS.

Non da, vous estes sain.

CREMANTE.

Oüy, je le suis, sans doute.

Hors

Hors quelques petits maux, cõme atteinte de Goute,
Catheres, Rhumatiſme.

LE MARQUIS.

Ah! tout cela n'eſt rien.

CREMANTE.

Enfin, à cela pres je me porte aſſez bien.
Tout vieux que je parois, l'âge encore me laiſſe
Des reſtes de chaleur, des reguains de jeuneſſe;
Mon poil blanc couvre encore un ſang ſubtil & (chaud,
Tel qu'au temps....

LE MARQUIS.

Vous prenez le recit d'un peu haut.

CREMANTE.

Je ne vous dis donc point enfin, qu'en ſecret j'aime,
Que je ſuis depuis peu Rival de mon Fils méme.

LE MARQUIS.

Vous m'avez dit cela vingt fois ſans celle-cy.

CREMANTE.

Vrayment je n'entens pas vous en rien dire auſſy.
Enfin donc par un feu dont tout mon ſang s'allume,
Eveillé ce matin plûtoſt que de coûtume,
J'ay familierement uſé de mon credit,
Et ſurpris Iſabelle au ſortir de ſon lit.
Je n'ay ſenty jamais mon ame plus émuë,
Sa beauté negligée en ſembloit eſtre accruë;
Son deſordre charmoit, un long & doux ſommeil
Avoit rendu ſon teint plus frais & plus vermeil,
Rallumé ſes regards, & jetté ſur ſa bouche
Du plus vif incarnat une nouvelle couche;
Sans art, ſans ornemens, ſans attraits empruntez,
Elle eſtoit belle enfin de ſes propres beautez.
Sous le nom de bon Homme, & d'Amy de ſon Pere,
Je l'ay veuë habiller ſans façon, ſans myſtere,

J'ay

J'ay fait pour l'amuser des contes de mon mieux,
Mais Dieu sçait cependant cõme j'ouvrois les yeux.
En se chaussant j'ay veu .... Rien n'est mieux fait
au monde;
J'ay veu certain morceau de jambe blanche, ronde...
Mais n'allez pas l'aimer au moins sur mon recit.

LE MARQUIS.

Les Gens de Cour ont bien autre chose en l'esprit,
L'amour leur est honteux, à moins d'un grand tro-
Poursuivez donc. (phée.

CREMANTE.

En suite elle s'est donc coëffée:
J'ay goûté le plaisir de voir ses cheveux blons
Tomber à flots épais jusques sur ses talons,
Et mesme si bien pris mon temps & mes mesures,
Que j'en ay finement ramassé des peigneures.
S'estant coëffée enfin, comme avec mille appas,
Pour prendre un corps de robe elle avançoit les bras.
Par bonheur tout à coup une épingle arrachée
Qui tenoit sur son sein sa chemise attachée,
M'a laissé voir à nud l'objet le plus charmant....
Ouf, je suis émû d'y penser seulement.

LE MARQUIS.

Vostre toux reviendra, changeons donc de langage,
Aussi bien mon Cousin à vous parler m'engage,
Il voudroit quelque argent.

CREMANTE.

Là-dessus je suis sourd;
La jeunesse a besoin qu'on la tienne de court,
Vos conseils toutesfois sont ceux que je veux suivre.

LE MARQUIS.

Non, non, ne changez point vostre façon de vivre,
Tenez luy les rigueurs des Peres d'aujourd'huy,

Dites

Dites luy bien pourtant que j'ay parlé pour luy,
Mais que c'est pour son bien.

CREMANTE.

Allez, laissez moy faire,
Je sçay faire valoir l'authorité de Pere.

LE MARQUIS.

Vous me presterez bien, que je croy cent Loüis,
J'en receus hier deux cens qui sont évanoüis,
Mais vous sçaurez comment, & m'en loüerez sans (doute,
Quand il s'agit d'honneur, il faut que rien ne couste;
Et je puis sur ce poinct dire sans vanité,
Qu'aucun argent jamais n'a si bien profité.

CREMANTE.

Oüy, l'honneur vaut beaucoup.

LE MARQUIS.

Admirez l'industrie;
L'honneur vient de Bravoure & de Galanterie,
Et j'ay sceu trouver l'art d'estre ensemble estimé,
Et Galant de fortune, & Brave confirmé.
Moyennant cent Loüis que j'ay donnez d'avance,
Un Marquis des plus gueux, mais brave à toute outrance,
M'a feint une querelle, & d'abord prenant feu,
M'a donné sur la jouë un coup plus fort que jeu.

CREMANTE.

Un soufflet?

LE MARQUIS.

Point du tout.

CREMANTE.

Mais un coup sur la joüe.

LE MARQUIS.

Ce n'est qu'un coup de poing, & luy-méme l'avouë
J'ay fait rage aussi-tost, j'ay ferraillé, paré,

Et

Et me suis fait tenir pour estre separé.
Voila qui m'établit pour Brave sans conteste,
Je n'ay pas mis plus mal mes cent Loüis de reste,
Avec une Comtesse en credit à la Cour,
J'ay seul passé le soir, & joüé jusqu'au jour.
J'ay perdu mon argent, mais la perte est legere,
Et ce qu'elle me vaut me la doit rendre chere.

CREMANTE.

Quoy! la Dame en faveurs vous auroit raquité?

LE MARQUIS.

Non, je la croy fort sage à dire verité.
Mais comme je sortois sans suite que mon Page,
(Car c'est une Maison de nostre voisinage)
J'ay trouvé deux Marquis, & des plus médisans,
Qui pour chasser ensemble alloient sans doute aux champs;
Tous deux m'ont reconnu dés qu'ils m'ont veu paroistre,
J'ay feint, me détournant, de ne les pas connoistre.
Et d'un grand manteau gris me suis couvert le nez,
Comme font en tels cas les Galants fortunez.
Jugez en quelle honneur me mettra cette histoire,
Et pour fort peu d'argent combien j'auray de gloire.

CREMANTE.

Mais l'Honneur, ce me semble, au fonds n'est point cela.

LE MARQUIS.

Bon, c'est du vieil Honneur dont vous nous parlez là.

CREMANTE.

Jadis....

LE MARQUIS.

Sans perdre temps en des raisons frivoles,
De grace, allons chez vous, pour prendre cent pistoles.

CREMANTE.

Quoy que l'argent ſoit rare, allons j'en ſuis content,
Mais j'eſpere en revanche un ſervice important.

LE MARQUIS.

Mon credit à la Cour vous eſt-il neceſſaire ?

CREMANTE.

Non, l'Amour maintenant eſt mon unique affaire;
Mon Fils aime Iſabelle, & c'eſt tout mon eſpoir
De les broüiller enſemble, & de m'en prévaloir.

LE MARQUIS.

Fuſſent-ils plus unis, que rien ne vous étonne, (ne;
Je ſçay l'art de broüiller les Gens mieux que perſon-
C'eſt là mon vray talent, & mon ſoin le plus doux.

CREMANTE.

Il faudroit donc....

LE MARQUIS.

Allons reſoudre tout chez vous.

Fin du Premier Acte.

ACTE II.

SCENE PREMIERE.

ISMENE, ISABELLE, LAURETTE.

ISABELLE *sortant de sa Chambre, & trouvant Ismene qui sort de la sienne.*

J'ALLOIS à vostre Chambre.

ISMENE.

Et qu'y veniez vous faire?

ISABELLE.

Vous rendre ce que doit une Fille à sa Mere,
M'informer s'il vous plaist, que je suive vos pas
Au Temple ce matin.

ISMENE.

Non, il ne me plaist pas.

ISABELLE.

Chaque jour rend pour moy vostre humeur plus severe;
Ne sçauray-je jamais d'où naist vostre colere?
J'essayerois, Madame....

ISMENE.

Ah! c'est trop discourir,
Allez, retirez-vous, je ne vous puis souffrir.

SCE-

SCENE II.

ISMENE, LAURETTE.

LAURETTE.

MAdame, en verité cette rigueur m'étonne;
Quoy! vous pour tout le monde & si douce, & si bonne,
Pour vostre Fille seule estre rude à ce poinct?

ISMENE.

J'en ay trop de raisons.

LAURETTE.

Je ne les conçoy point;
J'ignore d'où vous vient tant de haine pour elle,
C'est une Fille aimable....

ISMENE.

Elle n'est que trop belle,
Je sçay trop sur les cœurs quel empire elle prend.

LAURETTE.

Est-ce là tout l'outrage....

ISMENE.

En est-il un plus grand?
De quel œil puis-je voir, moy qui par mon adresse,
Croy pouvoir, si j'osois, me piquer de jeunesse,
Une Fille adorée, & qui malgré mes soins,
M'oblige d'avoüer que j'ay trente ans au moins?
Et comme à mal juger on n'a que trop de pente,
De trente ans avoüez, n'en croit-on pas quarante?

LAURETTE.

Il est vray que le monde est plein de médisans;
Mais on peut estre belle encore à quarante ans.

ISMENE.

On le peut, mais enfin c'est l'âge de retraite,
La beauté perd ses droicts, fut-elle encor parfaite;
Et

Et la galanterie au moment qu'on vieillit,
Ne peut se retrancher qu'à la beauté d'esprit.

LAURETTE.

Vous estes trop bien faite, & c'est une chimere.

ISMENE.

Une Fille à seize ans défait bien une Mere;
J'ay beau par mille soins tascher de rétablir
Ce que de mes appas l'âge peut affoiblir,
Et d'arrester par art la beauté naturelle
Qui vient de la jeunesse, & qui passe avec elle:
Ma Fille détruit tout dés qu'elle est pres de moy,
Je me sens enlaidir si-tost que je la voy,
Et la jeunesse en elle, & la simple nature,
Font plus que tout mon art, mes soins & ma parure:
Fut-il jamais sujet d'un plus juste courroux?

LAURETTE.

Elle a tort en effet, je l'avouë avec vous:
Mais on sçait à ce mal le remede ordinaire,
Faites-la d'un Convent au moins Pensionnaire.
Quoy! vous hochez la teste? Est-ce que vous doutez
Qu'Isabelle ose rien contre vos volontez?

ISMENE.

Non, je puis m'asseurer de son obeïssance,
Elle suit mes desirs toûjours sans resistance,
Je la trouve soûmise à tout ce que je veux,
Et c'est ce que j'y trouve encor de plus fascheux,
Puis qu'elle m'oste ainsi tout pretexte de plainte,
Pour couvrir le dépit dont je me sens atteinte.
Pour l'éloigner de moy, je n'ay qu'à le vouloir;
Mais, Laurette, quels maux n'en dois-je pas prevoir?
C'est dans l'estat de Veufve où je doy me reduire
Un pretexte aux plaisirs, qu'une Fille à conduire;
Je puis sous la couleur d'un soin si specieux,

Preten-

Pretendre sans scrupule à paroistre en tous lieux,
A joüir des douceurs du Cours, des Promenades,
A voir les Jeux publics, Bals, Balets, Mascarades,
Et n'ayant plus de Fille à mener avec moy,
Je doy vivre autrement, & c'est là mon effroy.
Le grand monde me plaist, je hay la solitude,
Il n'est point à mon gré de suplice plus rude,
Et j'aime encore mieux voir ma Fille à regret,
Qu'éviter à ce prix le tort qu'elle me fait.

LAURETTE.

Elle ne vous fait pas tant de tort qu'il vous semble,
On vous prend pour deux Sœurs quand on vous voit ensemble.

ISMENE.

Sans mentir?

LAURETTE.

Je vous parle avec sincerité.

ISMENE *se regardant dans son miroir de poche.*

Comment suis-je aujourd'huy? mais dy la verité.

LAURETTE.

Vous ne fustes jamais plus jeune, ny plus belle,
Sur tout, vostre beauté paroist fort naturelle.

ISMENE.

Est-il bien vray, Laurette?

LAURETTE.

Il n'est rien plus certain.

ISMENE.

Tu peux prendre pour toy cette Juppe demain;
Je viens d'appercevoir que la tienne se passe.

LAURETTE.

Vous sçavez, sans mentir, donner de bonne grace;
Vostre Fille, apres tout, ne vous vaudra jamais.

IS-

ISMENE.

La jeunesse, Laurette, a de puissans attrais.

LAURETTE.

Elle est jeune, il est vray, mais à faute de l'estre,
On peut s'en consoler quand on la sçait parestre;
Vostre Fille n'a point vos secrets pour charmer.

ISMENE.

Acante cependant l'aime, & ne peut m'aimer;
Ny tout ce que j'ay d'art, ny toute ton adresse,
N'ont pû déraciner sa premiere tendresse:
Je ne puis à ma Fille arracher cet Amant.

LAURETTE.

Des premieres amours tiennent terriblement;
Nous pouvons toutesfois avoir quelque esperance,
Mes ruses ont entre eux rompu l'intelligence,
Et tous les faux rapports que j'ay faits jusqu'icy,
Nous ont, graces au Ciel, assez bien reüssy.
Ils ne se parlent plus.

ISMENE.

C'est beaucoup, mais, Laurette,
Ce n'est pas, tu le sçais, tout ce que je souhaite;
Avant de mes appas le déclin déclaré,
Il seroit bon que j'eusse un Epoux asseuré,
Un Party qui me plût, & qui me fut sortable,
Et je trouve à mon goût Acante fort aimable.

LAURETTE.

Vous avez le goût bon, on ne le peut nier,
Et ce second Epoux vaudroit bien le premier;
Mais c'est un grand dessein.

ISMENE.

N'épargne soin ny peine;
Si tu peux reüssir, ta fortune est certaine,
Tu n'en dois point douter.

LAURETTE.

J'y feray mon effort,
Mais je trouve un obstacle à surmonter d'abord :
Touchant vostre veufvage un scrupule peut naistre;
Vous estes fort bien veufve, & l'on ne peut mieux l'estre,
Vostre Mary, sans doute, est defunt, autant vaut,
Vous avez attendu plus de temps qu'il n'en faut :
Apres huit ans passez, sans qu'un Mary se treuve,
Une Femme au besoin est mesme plus que veufve;
Il n'est rien de plus seur, vostre Advocat l'a dit :
Mais il est bon d'oster tout soupçon de l'esprit,
Toute peur d'un retour, & d'un remu-ménage,
Si vous voulez qu'on pense à vous pour mariage.

ISMENE.

Laurette, à dire vray, c'est mon plus grand soucy

LAURETTE.

Champagne m'a promis d'estre bien-tost icy;
Il faut voir si l'on peut gagner son témoignage,
Et celuy d'un Vieillard qui sort de l'esclavage.

ISMENE.

Il faudroit que ce fut sans me commettre, au moins.

LAURETTE.

C'est comme je l'entens, fiez-vous à mes soins,
Afin de vous laisser garder la bienseance,
Je feray du dessein seule toute l'avance;
Mais l'argent pour corrompre est un puissant moyẽ.

ISMENE.

Dispose, agis, promets, je n'épargneray rien.
On vient, je remets tout enfin à ta conduite.

LAURETTE.

Laissez-nous un peu seuls, vous reviendrez en suite.

SCE-

SCENE III.

CHAMPAGNE, LAURETTE.

CHAMPAGNE.

D'Où vient que ta Maistresse évite de me voir?
Va-t'elle dire encor deux mots à son miroir?
De ses ingrediens grossir un peu la doze?

LAURETTE.

Elle avoit oublié de serrer quelque chose,
Elle va l'enfermer, & doit sortir bien-tost.

CHAMPAGNE.

Son visage de jour est donc fait comme il faut?
Et sa beauté d'emprunt....

LAURETTE.

Brisons là, je te prie,
Elle hait là dessus à mort la raillerie,
Elle est étrangement délicate en cela,
Et ne croit nul outrage égal à celuy-là.
Je veux t'entretenir d'affaires d'importance.
L'Homme que tu m'as dit avoir conduit en France,
Quel Homme est-ce?

CHAMPAGNE.

Un Vieillard assez chagrin.

LAURETTE.

Au fonds
Est-ce un Homme d'esprit?

CHAMPAGNE.

D'esprit, je t'en répons.
Mais touchant sa famille, il s'obstine à se taire....

LAURETTE.

Cela n'importe en rien pour ce que j'en veux faire.

Ma Maistresse a sans doute, à parler tout de bon,
De se remarier grande demangeaison;
Mais quoy qu'elle pretende estre veufve à bon titre,
Elle a quelque scrupule encor sur ce chapitre,
Et pour l'en delivrer, on l'obligeroit fort,
Si quelqu'un témoignoit que son Mary fut mort.
Crois-tu que ton Vieillard pût rendre cet office?
Nous ferions bien valoir le prix d'un tel service.

CHAMPAGNE.

Oüy, je le tiens, s'il veut, fort propre à cet employ;
C'est sans doute.

LAURETTE.

Et sur tout estant instruit par toy.

CHAMPAGNE.

A gagner ce témoin aisément je m'engage.

LAURETTE.

Si tu voulois y joindre aussi ton témoignage,
Ce seroit encor mieux.

CHAMPAGNE.

Moy! faire un faux raport?

LAURETTE.

Quoy! pour mentir un peu, te troubles-tu si fort?
Et serois tu bien Homme à si foible cervelle,
Que de t'embarrasser pour une bagatelle?
Croy-moy, le plus grand vice est celuy d'estre gueux,
Et ce n'est pas à nous d'estre si scrupuleux;
Un soin si délicat n'est pas à nostre usage,
La fourbe qui nous sert est nostre vray partage,
Elle est pour nous sans honte, & jusqu'icy jamais
La probité ne fut la vertu des Valets,
Les Gens d'esprit sur tout ont leur profit en teste.

CHAMPAGNE.

Le scrupule n'est pas aussi ce qui m'arreste.

Hier, lors que j'arrivay, quand j'y songe, d'abord,
Je dis que j'ignorois si ton Maistre estoit mort. (ne?
Cõment dire autrement, sans que l'on me soupçon-

LAURETTE.

Pour un Homme d'esprit peu de chose t'étonne.
Tu diras que d'abord ne doutant point du choix
Que ton Maistre avoit fait d'Isabelle autrefois,
Tu cachois cette mort, pour détourner la Mere
De donner à sa Fille un importun Beaupere ;
Mais ton Maistre pour elle estant sans interest,
Que tu dis franchement la chose comme elle est.

CHAMPAGNE.

Cela m'est comme à toy venu dans la pensée;
Mais d'un autre soucy j'ay l'ame embarassée:
Si ton Maistre à la fin revenoit du Levant ?

LAURETTE.

Mon Dieu! point, il est mort,

CHAMPAGNE.

Mais s'il estoit vivant?

LAURETTE.

Il n'a garde, croy-moy.

CHAMPAGNE.

Je songe où je m'engage.

LAURETTE.

Ma Maistresse revient, songe à ton personnage.

CHAMPAGNE.

J'y voy trop de peril & tu m'obligeras
De ne me point mesler dans tout cet embarras.

LAURETTE.

Es-tu si simple encor? Que rien ne t'inquiete.

SCENE IV.

ISMENE, LAURETTE, CHAMPAGNE.

LAURETTE *feignant de pleurer.*

Quelle nouvelle! ah! ah!

ISMENE.

Dequoy pleure Laurette?

LAURETTE.

Je pleure, mais helas! quand vous sçaurez dequoy,
Vous pleurerez, Madame, encor bien plus que moy.

ISMENE.

N'importe, expliquez vous.

LAURETTE.

Ah! ma bonne Maistresse,
C'est.... Je ne puis parler, tant la douleur me presse.
Monsieur Champagne.... Hé là, faites luy ce recit,
Dites luy tout.

CHAMPAGNE.

Quoy! tout?

LAURETTE.

Ce que vous m'avez dit.

CHAMPAGNE.

Moy! je n'ay rien à dire.

LAURETTE.

A quoy bon ce mystere?
C'est par discretion qu'il s'obstine à se taire;
Il est vray que d'abord un si cruel malheur
Doit causer à Madame une extréme douleur:
Mais puis que tost ou tard il faut qu'elle l'apprenne,
Le plûtost vaut le mieux pour la tirer de peine:

A

A la laisser languir, quel plaisir prenez vous ?
Que sert de luy cacher qu'elle n'a plus d'Epoux ?

ISMENE *se laissant choir sur un siege.*

Je n'aurois plus d'Epoux! seroit-il bien possible ?

LAURETTE.

Ce coup asseurément pour Madame est sensible.
La pauvre Femme! helas! sans doute, elle perd bien.

CHAMPAGNE.

Ne vous faschez pas tant, Madame, il n'est rien.

ISMENE.

Ah! ne me flatez pas.

LAURETTE.

Voyez quel est son zelé !
Il voudroit vous cacher cette triste nouvelle,
Vous devez à ses soins beaucoup certainement,
Et vous m'aviez parlé d'un certain Diamant....

ISMENE.

La douleur m'en avoit fait perdre la memoire,
Je feray plus pour vous, & vous le pouvez croire ;
Prenez toûjours cecy.

LAURETTE.

Là, prenez, sans façon.
Son Epoux est-il mort ?

CHAMPAGNE *prenant le Diamant.*

He.

LAURETTE.

Parlez tout de bon,
Madame le souhaite, & n'a pas l'ame ingrate,
Mais elle ne veut pas sur tout que l'on la flate ;
De son Mary, sans feinte, apprenez luy le sort.

CHAMPAGNE.

Puis que vous le voulez, Madame, il est donc mort.

ISMENE.

Ciel !

LAURETTE.

Comme la douleur l'accable & la possede,
Un peu de solitude est son meilleur remede :
Laissons-la revenir, & va prendre le soin
D'instruire le Vieillard dont nous avons besoin.

CHAMPAGNE.

Le Diamant est bon, au moins.

LAURETTE.

Bon, tu te railles,
C'est du pauvre deffunt un present d'Espousailles.

CHAMPAGNE.

Quel deffunt ?

LAURETTE.

Eh, mon Maistre; & tu doutes à tort....

CHAMPAGNE.

Enfin s'il n'est pas bon, le deffunt n'est pas mort.

LAURETTE.

Je t'asseure de tout, va, tu n'as rien à craindre.

SCENE V.

ISMENE, LAURETTE.

LAURETTE.

Madame, il est sorty, cessez de vous contraindre,
Rendez graces au Ciel, tout va bien, tout nous (rit.

ISMENE.

Me voila donc enfin veufve sans contredit ?

LAURETTE.

On n'en peut plus douter, à moins d'estre incredule.

ISMENE.

Acante pourroit donc m'épouser sans scrupule ?

LAU-

LAURETTE.

C'est sans difficulté; si c'est peu d'un témoin,
Nous en aurons encore un second au besoin;
Les Dons faits à propos produisent des miracles.

ISMENE.

Nous oubliõs peut-estre un des plus grãds obstacles.

LAURETTE.

Quel?

ISMENE.

Le Pere d'Acante.

LAURETTE.

Hé, qu'apprehendons-nous?
Le bon Homme vous aime, & tout luy plaît de vous.

ISMENE.

Peut-estre il m'aime trop, c'est ce que j'apprehende,
J'ay peur qu'à m'épouser luy-mesme il ne pretende.

LAURETTE.

Ce dessein nous pourroit, sans doute, embarasser;
Mais pourroit-il bien estre en estat d'y penser
A son âge?

ISMENE.

Il n'importe, & je crains qu'il n'y pense.

LAURETTE.

Qui? luy vous épouser? ce seroit conscience;
Vieil, usé comme il est, & déja demy-mort,
Pourroit-il bien vouloir vous faire un si grand tort?
Apres d'un vieil Mary la longue & triste épreuve,
Puis qu'en trés-bõne forme enfin vous voila veufve,
C'est bien le moins, vraiment que vous puissiez pour vous,
Que d'oser faire aussi le choix d'un jeune Epoux,
Et de connoistre un peu par vostre experience,
Du Jeune, & du Vieillard, quelle est la diference.

ISMENE.

Ce n'est point pour cela, Laurette.

LAURETTE.

Mon Dieu, non.

Mais voicy le bon Homme, il faut changer de ton.

SCENE VI.

CREMANTE, ISMENE, LAURETTE.

LAURETTE.

VEnez m'aider, Monsieur, à consoler Madame.

CREMANTE.

Qu'a-t'elle ?

ISMENE.

Oh !

LAURETTE.

La douleur la perce jusqu'à l'ame.

CREMANTE.

Quel accident l'expose au trouble où la voila ?

LAURETTE.

La mort de son Mary.

CREMANTE.

Quoy ! ce n'est que cela ?

Il n'est pas mort, peut-estre.

ISMENE.

Il est trop veritable.

LAURETTE.

Champagne qui l'asseure, est Homme irréprochable.

CREMANTE.

Sa mort m'oste un Amy, vous ostant un Epoux,

Et j'y croy perdre au moins, Madame, autant que vous.

Le

Le regret que j'en ay ne cede en rien au vostre, (tre;
Mais nous l'avions cõpté pour mort & l'un & l'au-
On ne rend pas la vie aux gens pour les pleurer;
Puis la perte est pour vous aisée à reparer;
Et pour vous consoler d'une telle disgrace,
Quelqu'autre du Deffunt peut occuper la place:
Vous n'aurez rien perdu, prenant un autre Epoux;
J'en sçais un....

ISMENE.

Hé, Monsieur! dequoy me parlez-vous?

CREMANTE.

Je veux que dans l'effort de vos premieres larmes,
Pour vous le mariage ait d'abord peu de charmes;
Je veux qu'il vous soit mesme odieux en effet;
Mais enfin si l'Epoux estoit bien vostre fait,
Si vous pouviez en luy trouver dequoy vous plaire..

ISMENE.

Cela ne se peut pas

CREMANTE.

Mon Dieu! tout se peut faire:
Si vous sçaviez l'Epoux que je veux vous offrir....

ISMENE.

Ah!

LAURETTE.

Au seul nom d'Epoux son mal semble s'aigrir.

CREMANTE.

Il est vray, j'aurois tort d'en plus ouvrir la bouche,
Le desir de luy plaire est le seul qui me touche;
Et j'ay crû que mon Fils, jeune, adroit, plein d'appas
Pour un second Epoux ne luy déplairoit pas.

LAURETTE.

Si ce n'est que cela, vous pourriez bien luy dire....

CREMANTE.

Je m'en garderay bien; non, non, je me retire;
Je la laisse en repos, ce sera le meilleur.

ISMENE.

Laissez-vous vos Amis ainsi dans la douleur?

CREMANTE.

Je voy que tout le soin où l'amitié m'engage,
Loin de vous consoler, vous trouble davantage.

ISMENE.

Helas! qui pourroit mieux me consoler que vous?
Vous estiez tant Amy de mon deffunt Epoux;
Tout vostre soin ne peut m'estre que salutaire,
Et rien venant de vous, ne me sçauroit déplaire.

CREMANTE.

Ce que j'ay dit pourtant vous à déplû d'abord.

ISMENE.

Sçait-on ce que l'on fait dans un premier transport?
D'abord, il est certain c'estoit bien mon envie,
De n'entendre parler d'autre Epoux de ma vie;
J'en rejettois l'espoir, quoy qu'il me fut permis;
Mais que ne peuvent point les conseils des Amis?

CREMANTE.

Je voulois vous parler de mon Fils; mais, Madame,
Ne faites rien pour moy qui contraigne vostre ame;
Prenez plûtost du temps pour examiner bien....

ISMENE.

Ah! Monsieur, apres vous je n'examine rien.

CREMANTE.

Il est jeune, bien fait, voyez s'il peut vous plaire.

ISMENE.

Vous sçavez mieux que moy ce qui m'est necessaire;
Acante vaut beaucoup; mais quel qu'en soit le prix,
Si rien me plaist en luy, c'est qu'il est vostre Fils.

CRE.

CREMANTE.

Vous nous honorez trop.

ISMENE.

Au moins c'est une affaire,
Que vous trouverez bon, Monsieur, que je difere :
Ce n'est pas qu'en effet ce soin importe fort,
Feu mon Mary déja depuis long-temps est mort ;
J'en ay porté le deüil, & j'ay toute licence,
Mais j'aime extrémement l'exacte bienseance ;
Et pour secher mes pleurs, pour en finir le cours,
Je vous demande encor au moins huit ou dix jours.

CREMANTE.

Ce n'est qu'avec le temps qu'un grand ennuy se pas-
Il est vray, mais j'espere à mon tour une grace. (se ;

ISMENE.

Ce que je vous dois estre, unit nos interests.

CREMANTE.

Vostre Fille pourroit les unir de plus pres.

ISMENE.

Ma Fille, dites-vous ?

CREMANTE.

Pour elle je soûpire.

ISMENE.

Vous, Monsieur ?

CREMANTE.

Pourquoy non? qu'y trouvez-vous à dire ?

ISMENE.

Hé rien ; mais vous pourriez peut-estre choisir
Elle est si jeune encor. (mieux,

CREMANTE.

Me trouvez-vous si vieux ?
Point du tout ; mais j'ay peur, quelque soin que je prenne,

Que ma Fille en ce choix m'obeïsse avec peine.

CREMANTE.

A ne vous rien celer, j'ay peur, s'il est ainsi,
Qu'à m'obeïr mon Fils n'ait de la peine aussy.

ISMENE.

Sur ma Fille, apres tout, j'ay pourtant trop d'empi-
Pour craindre absolument qu'elle m'ose dédire; (re,
Elle me fut toûjours soûmise au dernier poinct.

CREMANTE.

Mon Fils je pense aussi ne me dédira point;
Je ne crains qu'un retour de cette intelligence
Que l'Amour mit entr'eux dés leur plus tendre en-
Et je doute qu'on puisse aisément parvenir (fance,
A diviser deux cœurs qui sont nez pour s'unir.

ISMENE.

Ainsi que vous, Monsieur, c'est ce qui m'inquiete;
Mais j'ay grande esperance aux ruses de Laurette.

LAURETTE.

Je sçay l'art de fourber assez bien, Dieu mercy;
Mais dans le Cabinet vous seriez mieux qu'icy.

CREMANTE.

Elle a raison, aucun n'y viendra nous distraire;
Allons-y consulter ce que nous devons faire,
Et voir par quels moyens nous pourrons sans retour
Separer deux Amans en dépit de l'Amour.

Fin du Second Acte.

ACTE

ACTE III.

SCENE PREMIERE.

ISABELLE, LAURETTE.

LAURETTE.

HE'bien ! que voulez-vous ? Si vous perdez un Pere.
Ce n'est pas d'aujourd'huy, vous n'y sçauriez que faire ;
Des regrets des vivans les morts ne sont pas mieux :
Parlons donc d'autre chose, & ressuyez vos yeux.

ISABELLE.

Tu dis donc que l'Ingrat qui m'avoit tant sceu plaire,
Acante, ce volage à qui je fus si chere,
T'a parlé ce matin ?

LAURETTE.

Fort long-temps.

ISABELLE.

Entre nous,
Que pense-t'il de moy ?

LAURETTE.

Luy ! pense-t'il à vous ?

ISABELLE.

Mais quel si long discours encor t'a-t'il pû faire ?
Dequoy- t'a-t'il parlé ?

LAURETTE.

Rien que de vostre Mere ;
Il m'a fait voir pour elle un grand empressement.

ISABELLE.

Et n'a rien dit de moy ?

LAURETTE.

Pas-un mot ſeulement ;
De voſtre Mere ſeule il m'a parlé ſans ceſſe ;
J'ay tourné le diſcours ſur vous avec adreſſe,
Dit vingt fois voſtre nom.

ISABELLE.

Et qu'a-t'il répondu ?

LAURETTE.

Il n'a pas fait ſemblant d'avoir rien entendu.

ISABELLE.

Mais dans ma Mere enfin que peut-il voir d'aimable?

LAURETTE.

Beaucoup d'argent content, un bien conſiderable,
C'eſt un charme bien doux aux yeux de bien des (gẽs;
Vous ne ſerez en âge encor de tres long-tẽps?
Voſtre Pere eſtant mort, tout eſt en ſa puiſſance ;
Comme je vous l'ay dit, elle en a l'aſſeurance,
Et de l'humeur qu'elle eſt, vous devez peu douter
Qu'un jeune Epoux s'offrant n'ait dequoy la tenter.

ISABELLE.

Le ſoin qu'elle a de plaire, & de cacher ſon âge,
M'a bien fait prévoir d'elle un ſecond mariage ;
Mais voir mon Amant meſme en devenir l'Epoux !
Voir mon Beaupere en luy !

LAURETTE.

Que fait cela pour vous ?
Si vous ne l'aimez plus, quel ſoin vous inquiete ?

ISABELLE.

Si je ne l'aime plus! Que n'eſt il vray, Laurette ?

LAURETTE.

Comment! auriez-vous bien aſſez de lâcheté

Pour

Pour ne vous venger pas de sa legereté?
Quoy! vous constante encor pour un Homme qui change?
Auroit-on veu jamais foiblesse plus étrange?
Un Homme changeroit, & vous, pleine d'appas,
Fiere, vous Fille enfin, vous ne changeriez pas?
Laisser sur nostre Sexe avoir cet avantage?

ISABELLE.

Nostre Sexe à son gré n'est pas toûjours volage;
Et comme par pudeur une Fille d'abord
N'aime ordinairement qu'apres beaucoup d'effort,
Quand l'amour une fois luy fait prẽdre une chaisne,
Elle n'en sort aussi qu'avec beaucoup de peine.
Sur tout, les premiers feux sont toûjours les plus doux,
Ceux d'Acante & les miens sont nez presque avec nous;
Nos Peres qui s'aimoient, sembloiẽt dés la naissance,
Avoir fait pour s'aimer nos cœurs d'intelligence:
Tout enfant que j'estois, sans nul discernement,
Je songeois à luy plaire avec empressement.
Cent petits soins aussi m'exprimoient sa tendresse,
Nous nous voyions souvent, & nous cherchions sans cesse;
Sans luy j'estois chagrine, ainsi que luy sans moy;
Par fois nous soûpirions sans sçavoir bien pourquoy,
Et nos cœurs ignorans quel mal ce pouvoit estre,
Sceurent sentir l'amour, plûtost que le connestre.

LAURETTE.

C'est cela qui le rend encor avec raison,
Plus coupable envers vous apres sa trahison:
C'est ce qui doit pour luy redoubler vostre haine.

ISABELLE.

Sans doute; & si je voy sa trahison certaine....

LAURETTE.

Quoy! vous flateriez vous assez pour en douter?

ISABELLE.

Ah! s'il se peut encor, laisse moy m'en flater.

LAURETTE.

Vous pourriez-vous flater d'une erreur si honteuse?
Son infidelité pour vous n'est plus douteuse :
Tout ce qu'on vous a dit vous en doit asseurer.

ISABELLE.

On m'en a dit assez pour me desesperer:
Cependant en secret un pouvoir que j'admire,
Me fait presqu'oublier tout ce qu'on m'a pû dire,
Je ne sçay quoy toûjours me parle en sa faveur.

LAURETTE.

Mõ Dieu! jusqu'où l'Amour seduit un jeune cœur!
Je m'estois bien de vous promis plus de courage.

ISABELLE.

Tu te peux tout promettre encor, s'il est volage; (cy;
Mais mon cœur par luy-mesme en veut estre éclair-

LAURETTE.

Quoy! le voir?

ISABELLE.

Je t'ay cruë & l'ay fuy jusqu'icy.
Redevable à tes soins dés ma tendre jeunesse,
J'ay suivy tes conseils, j'ay contraint ma tendresse,
J'ay tasché de te croire autant que je l'ay pû ;
Souffre au moins une fois que mõ cœur en soit crû;
Qu'il puisse s'éclaircir ainsi qu'il le souhaite,
Qu'un aveu de l'Ingrat... Mais tu rougis Laurette.

LAURETTE.

Je rougis de vous voir foible encor à ce poinct.

ISABELLE.

Je ne la suis que trop, je ne m'en defens point:
Mais pardonne aux abois d'une premiere flame,
Ces restes de foiblesse où tombe encor mon ame.

LAURETTE.

Ce seroit vous trahir, que de les excuser.

ISABELLE.

J'ay crû qu'à ce dessein tu pourrois t'opposer;
Et si de m'y servir la priere te gesne,
Je me suis preparée à t'en sauver la peine:
Un Billet de ma main par quelque autre porté. . . .

LAURETTE.

Je veux prendre ce soin encor par charité.
Ne confiez hors moy ce Billet à personne.

ISABELLE.

Es-tu si bonne encor?

LAURETTE.

Eh! oüy, je suis trop bonne.
Vous me persuadez toûjours ce qui vous plaist,
Et si vous le sçavez, c'est sans nul interest.

ISABELLE.

Va, tu n'y perdras rien

LAURETTE.

Est-ce là cette Lettre?

ISABELLE.

L'adresse encore y manque.

LAURETTE.

Ah! gardez bien d'en mettre,
Vostre Ingrat peut montrer ce Billet aujourd'huy,
Vous pourriez au besoin nier qu'il fut pour luy.
Nous ne sçaurions chercher dans le siecle où nous sommes,
Trop de précautions contre les traistres Hommes;
Ils sont si vains!

ISABELLE.

J'ay crû qu'ils ne l'estoient pas tous.

LAURETTE.

Ah! croyez-moy, j'en sçay là-dessus plus que vous.

Vous n'avez pas encor assez d'experience,
Rentrez, laissez-moy faire.

ISABELLE.

Au moins fay diligence.

LAURETTE.

Oüy, j'auray bien-tost fait, n'ayez aucun soucy.

ISABELLE.

Ne rens qu'à luy....

LAURETTE.

J'entens.

ISABELLE.

Champagne vient icy;
Qu'il ne t'arreste pas.

LAURETTE.

Vous m'arrestez vous-méme.

ISABELLE.

Sur tout....

ISABELLE.

Encor? rentrez. Qu'on est sot quand on aime!

SCENE II.

CHAMPAGNE, LAURETTE.

CHAMPAGNE.

JE sors d'avec nostre Hõme, & d'un long entretien.

LAURETTE.

Hé bien?

CHAMPAGNE.

D'abord le traistre a fait l'Homme de bien,
M'a preché la Vertu, l'honneur à toute outrance,
Et contre ta Maistresse a pesté d'importance:
Mais enfin mes raisons ont si bien reüssy,

Que

Que mille escus offerts l'ont un peu radoucy.

LAURETTE.

Mille escus?

CHAMPAGNE.

Il veut mesme avoir l'argent d'avance,
Et de mentir à moins, il feroit conscience.

LAURETTE.

Le scrupule est fort bon, mais il faut aujourd'huy,
Quoy qu'il couste pourtant, nous asseurer de luy.
Tu n'as qu'à l'amener, je prendray soin du reste.
Dy-moy, que fait ton Maistre?

CHAMPAGNE.

Il se tourmente, il peste.

LAURETTE.

Il peste! & contre qui?

CHAMPAGNE.

Contre un amour maudit,
Qui luy fera, je croy, bien-tost tourner l'esprit:
Il ne peut, quoy qu'il fasse, oublier Isabelle;
Il a beau s'efforcer d'estre inconstant comme elle;
Plus il y tasche, & moins il en a le pouvoir.

LAURETTE.

Hé! n'a-t'il point de honte?

CHAMPAGNE.

Il est au-desespoir,
Il aime avec regret, sa honte en est extréme,
Il s'en blâme il s'en dit cent poüilles à luy-méme,
Se battroit volontiers de rage qu'il en a,
Mais il ne laisse pas d'aimer pour tout cela:
Il est ensorcelé.

LAURETTE.

Les Amans sont bien lâches!

CHAM-

CHAMPAGNE.

Qu'as-tu là ?

LAURETTE.

Moy, qu'aurois-je ?

CHAMPAGNE.

Un Billet que tu caches.

LAURETTE.

Mon Dieu ! que tu vois clair !

CHAMPAGNE.

Je suis dépaïsé ;
Vois-tu? j'ay de bons yeux, & suis un peu rusé,
J'ay veu comme j'entrois, retirer Isabelle,
Et je gagerois bien que ce Billet est d'elle,
Qu'au Rival de mon Maistre....

LAURETTE.

Oh !

CHAMPAGNE.

Gageons, si tu veux.

LAURETTE.

Ah! que les gens si fins sont quelquefois fâcheux !

CHAMPAGNE.

Ce Poulet va sans doute au Marquis ?

LAURETTE.

Tu devines.

CHAMPAGNE.

Nous démeslons un peu les ruses les plus fines ;
Les voyages font bien les gens.

LAURETTE.

Sans contredit.

CHAMPAGNE.

Mais sur tout le vin Grec ouvre bien un esprit ;
Dés que j'en eus tasté, je le sceus bien connoistre ;
Aussi je m'en donnois....

LAU-

LAURETTE.

Voicy ton jeune Maiſtre.

CHAMPAGNE.

Qu'ay-je dit ? ſon amour le ramene en ces lieux.

LAURETTE.

Le trouble de ſon cœur paroiſt juſqu'en ſes yeux.

SCENE III.

ACANTE, CHAMPAGNE, LAURETTE.

LAURETTE.

SCavez-vous les ennuis où Madame eſt plongée,
Monſieur ?

ACANTE.

On m'a tout dit.

LAURETTE.

Elle eſt bien affligée.

ACANTE.

Mais ne la voit-on pas ?

LAURETTE.

Vous eſtes des amis,
Et je croy que pour vous, Monſieur, tout eſt permis,
Vous la conſolerez.

ACANTE.

Sa Fille eſt avec elle ?

LAURETTE.

Non, non, ne craignez point d'y trouver Iſabelle ;
De ſon defunt Mary c'eſt un vivant portrait,
Qui renouvelle trop la perte qu'elle fait :
Madame en la voyant, d'ennuis eſt trop outrée,

Seule en ſon Cabinet elle s'eſt retirée.

ACANTE.

Puis qu'elle eſt ſeule il faut la laiſſer....

LAURETTE

Nullement.

ACANTE.

Je l'incommoderois, Laurette, aſſeurément.

LAURETTE.

Hé, Monſieur! croyez-moy, parlez nous ſans fineſſe,
Vous cherchez Iſabelle, & non pas ma Maiſtreſſe;
Avoüez ſans façon ce qu'aiſément je voy.

ACANTE.

Ah! ſi je l'avoüois, que dirois-tu de moy?

LAURETTE.

Moy! qu'aurois-je à vous dire? Il ne m'importe gue-
Chacun peut en ce monde aimer à ſa maniere, (re;
Et je n'ay pas deſſein par mes raiſonnemens
De vouloir reformer les erreurs des Amans.

ACANTE.

Sont-ce là les conſeils que Laurette me donne?

LAURETTE.

Je ne me meſle plus de conſeiller perſonne:
Les plus ſages conſeils, les meilleures leçons,
A gens bien amoureux, Monſieur, ſont des chanſons.

CHAMPAGNE.

Si vous ſçaviez quel eſt voſtre Rival indigne.

ACANTE.

Qui ſeroit-ce? dy donc?

CHAMPAGNE.

Laurette me fait ſigne.

LAURETTE.

Il parle ſans ſçavoir.

CHAMPAGNE.

Je sçay tout, & fort bien.
Mais elle ne veut pas que je vous dise rien.

ACANTE.

Souffre au moins qu'il acheve.

LAURETTE.

Eh, Monsieur! il se raille.

ACANTE.

Tu luy fais signe encor.

LAURETTE.

Qui? moy? c'est que je baaille.

CHAMPAGNE.

Pourquoy ne veux-tu pas me laisser découvrir
Ce qui pourroit aider Monsieur à se guerir?
N'aura-t'il pas sujet de haïr Isabelle,
S'il sçait que le Marquis tient sa place aupres d'elle?

ACANTE.

C'est mon Cousin, dis-tu?

LAURETTE.

Que sçait-il ce qu'il dit?
Il s'est mis malgré moy cette erreur dans l'esprit:
Croyez sur mon honneur....

CHAMPAGNE.

Penses-tu qu'on te croye?
Et certain Billet doux qu'au Marquis elle envoye,
Que tu portes toy-mesme, est-ce erreur que cela?

LAURETTE.

J'aurois pour le Marquis un Billet?

CHAMPAGNE *tirant le Billet du sein de Laurette.*

Le voila.

ACANTE *arrachant le Billet des mains de Champagne.*

Donne.

LAURETTE.

Eh! que voulez-vous?

CHAMPAGNE *à Laurette.*

Il ne veut que le lire,
Laiſſe faire Monſieur.

LAURETTE.

Comment....

CHAMPAGNE.

Laiſſez-la dire.

ACANTE.

Laurette à mon Rival porte donc ce Poulet?

LAURETTE.

Tu me trahis ainſi!

CHAMPAGNE.

Le grand tort qu'on te fait!

LAURETTE.

Ne croyez pas, Monſieur, que jamais je permette...

CHAMPAGNE.

Hé, pour l'amour de moy, ſi tu m'aimes, Laurette
Elle conſent, Monſieur, puis qu'elle ne dit rien.

LAURETTE.

Je ne ſuis que trop ſotte, & tu le ſçais trop bien.

CHAMPAGNE.

Oüy, tu m'aimes beaucoup, je n'en ſuis point en dou-(te
Auſſi de mon coſté....mais il va lire, écoute.

ACANTE *lit.*

JE voudrois vous parler, & nous voir ſeuls tous deux;
Je ne conçoy pas bien pour quoy je le deſire;
Je ne ſçay ce que je vous veux,
Mais n'auriez vous rien à me dire?

ACANTE *continuë.*

Eh! c'eſt vous le Marquis?

CHAM-

CHAMPAGNE.

Hé bien, qu'en dites-vous,
Monsieur?

ACANTE.

Pour le Marquis?

CHAMPAGNE.

Le stile est assez doux.
Vous ne nous dites rien?

LAURETTE.

Eh! que veux-tu qu'il die?
Il est tout interdit de cette perfidie.

ACANTE.

L'Ingrate! Ah! si jamais cette Fille sans foy
Pouvoit écrire ainsi, devoit-ce estre qu'à moy?
Encor si mon Rival avoit quelque merite!
Mais que pour le Marquis Isabelle me quitte,
Que son esprit volage ébloüy d'un faux jour,
S'égare jusqu'au choix d'un si honteux amour!...

LAURETTE.

D'ordinaire en amour, Monsieur, l'esprit s'égare,
Et le goût d'une Fille est quelquefois bizarre:
Souvent le vray merite, avec tous ses appas,
Luy plaist moins que l'éclat, le faste, & le fracas:
Un Marquisat enfin est un charme admirable.

ACANTE.

Mais tout son Marquisat n'est qu'une vaine fable,
Un faux titre.

LAURETTE.

Il n'importe, ou vray Marquis, ou non,
S'il épouse Isabelle, elle aura ce grand Nom,
Un grand Train, & sur tout, cõme c'est la coûtume,
Un Page à luy porter la queuë en grand volume.

ACANTE.

Ah! si je ne me vange, & si j'épargne rien....

LAURETTE.

Tâchez d'aimer ailleurs, c'en est le vray moyen.

ACANTE.

C'est bien aussi, Laurette, à quoy je me prepare,
Et je veux faire choix d'une Beauté si rare....

LAURETTE.

Ce n'est pas là de vous ce que l'on craint le plus,
Et si j'osois vous dire un secret là-dessus...

ACANTE.

Espere tout de moy, pren pitié de mon trouble.

CHAMPAGNE.

Monsieur est liberal, mais il n'a pas le double ;
Peut-estre quelque jour que son Pere mourra.

LAURETTE.

Peut-estre que son Pere aussi l'enterrera ;
Je ne fay pas grand fonds sur la foy d'un peut-estre,
Mais pour l'amour de toy je veux servir ton Maistre.
Je connois Isabelle, & jusqu'au fonds du cœur ;
La crainte d'un Beaupere est sa mortelle peur,
Et le plus grand dépit que vous luy pourriez faire,
Seroit de témoigner d'en vouloir à sa Mere :
Si rien peut la piquer, ce doit estre cela.

ACANTE.

Mais pourrois-je esperer qu'elle revint par là ?

LAURETTE.

Peut-estre. Le dépit fait quelquefois miracle ;
Du moins à son amour vous pouriez mettre obsta-
Et comme son Beaupere, il dépendroit de vous (cle,
D'empescher le Marquis de se voir son Epoux.

ACANTE.

N'est, pour l'empescher, effort que je ne tente,

Et

Et je vay de ce pas....

LAURETTE.

Où?

ACANTE.

Voire cette inconſtante,
Luy dire que ſa Mere a pour moy tant d'appas....

LAURETTE.

Ah! ſi vous m'en croyiez, vous ne la verriez pas.

ACANTE.

Pourquoy?

LAURETTE.

Pour vous encor j'apprehende ſa veuë.

ACANTE.

Ne crains rien de mon ame, elle eſt trop reſoluë,
Tout mon amour eſt mort, je t'en répondray bien.

LAURETTE.

En fait d'amour Monſieur, ne répondons de rien.

ACANTE.

Apres ſa trahiſon, quelque ſoin que j'employe,
Tu peux douter.... Non, non, il faut que je la voye,
Ne fut-ce ſeulement que pour te faire voir
Que l'Ingrate ſur moy n'a plus aucun pouvoir.

LAURETTE.

Mais l'incivilité, Monſieur, ſeroit extréme,
De vouloir l'outrager juſqu'en ſa chambre méme:
Auſſi bien vous pourriez le vouloir vainement,
Elle n'y ſera pas pour vous aſſeurément.

ACANTE.

La Perfide!

LAURETTE.

Attendez, j'eſpere agir de ſorte,
Que ſans aucun ſoupçon je feray qu'elle ſorte.

ACANTE.

Va donc.

LAURETTE.

Et son Billet, ne le rendez-vous pas ?

ACANTE.

Oüy, je te le rendray dés que tu reviendras ?
Je le veux lire encor.

CHAMPAGNE.

Va.

LAURETTE.

Tu vois à ma honte,
Ce que je fais pour toy.

CHAMPAGNE.

Laurette rentre. Va, je t'en tiendray conte.
Sans vanité, Monsieur, nous avons reüssy,
Vous voila par mes soins assez bien éclaircy.

ACANTE.

Ah! que trop bien, c'est là ce qui me desespere,

LAURETTE *revenant.*

Je viens vous avertir que voicy vostre Pere.

ACANTE.

Mon Pere !

LAURETTE.

Il vient icy je croy dix fois par jour,
Il vous a defendu l'entretien d'Isabelle,
Et vous feroit beau bruit, vous trouvant avec elle.
Sans doute en luy parlant, il vous eut rencontré.

ACANTE.

Mais s'il pouvoit passer par le petit degré....

LAURETTE.

Ne faites point, Monsieur, là-dessus vostre conte,
C'est par cet escallier que d'ordinaire il monte,
Il le trouve commode, & l'autre luy déplaist.

ACAN-

ACANTE.
Au moins, dis à l'Ingrate.... O Ciel! elle paraist.
LAURETTE.
Songez à vostre Pere, il monte.
ACANTE.
Qu'elle est belle!
LAURETTE.
C'est dommage, il est vray, qu'elle soit infidelle:
Mais qu'attendez-vous tant? Qu'on vous vienne gronder?
ACANTE.
Sortons.
LAURETTE.
Et le Billet, voulez-vous le garder?
ACANTE.
Le voila ce Billet.
LAURETTE.
Cachez bien vos foiblesses,
On vous observe, au moins.
ACANTE *déchirant le Billet.*
Tien.
LAURETTE.
Fort bien, en vingt pieces.

SCENE IV.

ISABELLE, LAURETTE.

ISABELLE.
L'Ingrat déchire ainsi mon Billet à mes yeux!
LAURETTE.
Vous voyez.
ISABELLE.
Est-il rien de plus injurieux!
Qu'ainsi de ma foiblesse il triomphe à ma veuë!

LAURETTE.

Que vous avois-je dit?

ISABELLE.

Ah pourquoy m'as-tu cruë?

Pourquoy luy rendois-tu ce Billet trop honteux?

LAURETTE.

Pourquoy? vous le vouliez.

ISABELLE.

Sçay-je ce que je veux?

Toy, qui voyois la honte où s'exposoit ma flame,
Que ne trahissois-tu le foible de mon ame?
Falloit-il pour en croire un lâche emportement,
Abandonner mon cœur à son aveuglement?
Et ne devois-tu pas avec un zele extréme,
Prendre soin de ma gloire en dépit de moy-méme?

LAURETTE.

Le remede est facile, apres tout.

ISABELLE.

Eh! comment?

LAURETTE.

D'un Billet sans adresse on se sauve aisément:
Dites pour reparer & ma faute, & la vostre,
Que vous aviez écrit ce Billet à quelque autre.

ISABELLE.

Mais à qui donc?

LAURETTE.

A qui? n'importe.

ISABELLE.

A ton avis;

Dis.

LAURETTE.

Au premier venu, par exemple, au Marquis.

ISABELLE.

A tes soins desormais mon ame s'abandonne:
Mais quelqu'un vient icy, je ne puis voir personne.

SCE-

SCENE V.

CREMANTE, LAURETTE.

CREMANTE *courant apres Isabelle.*

EH! nostre bel enfant!

LAURETTE *arrestant Cremante.*

Ah! Monsieur, laissez-là,
La pauvre Fille est mal.

CREMANTE.

Quel mal est-ce qu'elle a?

LAURETTE.

Le plus grand mal de cœur qu'elle ait eu de sa vie:
Entre nous, tout répond, Monsieur, à nostre envie.

CREMANTE.

As-tu des deux Amans augmenté le soupçon.

LAURETTE.

Je viens de leur joüer un tour de ma façon: (faire;
Mais pour les broüiller mieux, je veux encor plus
Le Marquis pour cela nous seroit necessaire.

CREMANTE.

Je n'ay qu'à le mander, mais viendrõs-nous à bout...

LAURETTE.

Allons trouver Madame, & je vous diray tout.

Fin du Troisième Acte.

ACTE IV.

SCENE PREMIERE.

CHAMPAGNE LAURETTE.

CHAMPAGNE.

JUsques-là du Marquis Isabelle est éprise !
Je ne l'aurois pas crû ; j'avoüray ma surprise.
Tu dis que dans sa chambre, & sans témoins, ce soir
Ce Galant a receu Rendez-vous pour la voir ?

LAURETTE.

Au moins n'en dy rien.

CHAMPAGNE.

Moy? tu me sçais mal connaistre,
Je meure, si jamais j'en dy rien qu'à mon Maistre.

LAURETTE.

C'est luy qui le dernier en doit estre éclaircy :
Je suis bien simple encor, de te tout dire ainsy.

CHAMPAGNE.

Eh! ne te fasche pas.

LAURETTE.

Ton babil est terrible,
Ne dy donc rien.

CHAMPAGNE.

Bien, va, j'y feray mon possible.

LAURETTE.

A propos, dis-moy donc quād viendra ton Vieillard.

CHAMPAGNE.

Il viendra, sans mãquer, dans une heure au plus tard:
Mais voicy le Marquis, adieu, je me retire.

SCE-

SCENE II.

LE MARQUIS, LAURETTE.

LAURETTE.

VOus riez?

LE MARQUIS.

Là-dedans on vient de me tout dire;
Je ris de ton adresse, & du tour du Billet.

LAURETTE.

Chacun n'en a pas ry.

LE MARQUIS.

Morbleu, que c'est bien fait!
Sur tout, pour mon Cousin ma joye en est extréme.

LAURETTE.

Isabelle est encor si foible, qu'elle l'aime;
Mais j'ay tout de nouveau si bien sceu l'éblouïr,
Que cet excés d'amour ne sert qu'à la trahir,
Au lieu qu'à son déceu j'ay crû vous introduire,
Elle y consent.

LE MARQUIS.

Comment?

LAURETTE.

Je vay vous en instruire.
J'ay voulu la revoir pour sonder son courroux;
J'ay feint que vous aviez querelle Acante & vous,
Que vous deviez vous battre, & dés ce soir peut-estre,
Que ce combat pourroit la venger de son traistre,
Qu'elle en devoit attendre ou sa fuite, ou sa mort.
Je l'ay veuë à ces mots interdite d'abord;
Son ame où la tendresse est soudain revenuë,

De son nouveau dépit ne s'est plus souvenuë,
Et quoy que la vengeance ait pû luy conseiller,
L'Amour, qui sembloit mort, n'a fait que s'éveiller.
La voyant à ce poinct de ce combat émeuë,
J'ay voulu profiter du trouble où je l'ay veuë,
J'ay ménagé sa peur.

LE MARQUIS.

Fort bien, mais apres tout,
A quoy bon ce combat?

LAURETTE.

Ecoutez jusqu'au bout.
J'ay dit qu'un seur moyen d'accorder la querelle,
Ce seroit d'essayer de vous mener chez elle,
Afin qu'elle vous pût amuser quelque temps
Pour me donner loisir d'avertir vos parens.
Dans le panneau d'abord elle a donné sans peine:
Ainsi de son aveu chez elle je vous mene;
De sçavoir nos desseins ne faites pas semblant.

LE MARQUIS

Non, non, tu m'introduis à titre de Galant;
C'est un pur rendez-vous qu'Isabelle me donne,
Et j'aurois bien regret d'en détromper personne.

LAURETTE.

C'est à vostre Cousin sur tout qu'il faut songer.

LE MARQUIS.

Que j'auray de plaisir à le faire enrager!

LAURETTE.

Mais....

LE MARQUIS.

Mon Pere est long-temps.

LAURETTE.

Pour l'aigrir davantage....

LE MARQUIS.

Mon Page....

LAURETTE.

Eh! je sçay bien que vous avez un Page.

LE MARQUIS.

Le voicy; ce fripon s'arreste à chaque pas.

SCENE III.

LE PAGE, LE MARQUIS, LAURETTE.

LE MARQUIS *prenant un manteau gris des mains de son Page.*

DOnnez. Page?

LE PAGE.

Monsieur.

LE MARQUIS.

Ma Caleche est là bas?

LE PAGE.

Oüy, Monsieur.

LE MARQUIS

Ecoutez; La nuit estant venuë,
Qu'on la tienne à l'écart vers le bout de la ruë,
Et de dire où je suis qu'on sçache se garder.
Page?

LE PAGE.

Monsieur.

LE MARQUIS.

En cas qu'on me vint demander,
Qu'on dise, & que sur tout mõ Suisse s'en souvienne,
Qu'õ ne croit pas ce soir que chez moy je revienne,
Que j'ay dit que j'irois coucher peut-estre ailleurs;
Et si l'on demande où, dites chez les Baigneurs.

Page? & cela d'un ton.... Vous m'entendez bien,
Non, il suffit, allez. (Page?

LAURETTE.

Quel est cet équipage?
Pourquoy s'enveloper de ce grand manteau gris?

LE MARQUIS.

Ah! si de ce manteau tu sçavois tout le prix....

LAURETTE.

Quel prix?

LE MARQUIS.

C'est, quoy que simple & d'étoffe commune,
Un manteau de mystere & de bonne fortune;
Manteau, pour un Galant utile en cent façons;
Manteau, propre sur tout à donner des soupçons;
Et c'est assez qu'Acante en cet estat me voye,
Pour luy persuader tout ce qu'on veut qu'il croye:
Mais par quelque artifice, il seroit donc besoin
De l'attirer icy.

LAURETTE.

Champagne en prendra soin,
C'est un Valet zelé, mais à tromper facile,
Et duppe d'autant plus, qu'il se tient fort habile,
Et qui croit m'attraper lors mesme qu'il me sert,
Bien mieux que s'il estoit avec moy de concert:
Son foible est, de l'humeur dont je l'ay sceu connai-
De se faire de feste en faveur de son Maistre; (stre,
Il cherche à luy conter toûjours quelque secret,
Et le trahir souvent par un zele indiscret;
Il pretend qu'il n'est rien que je ne luy confie,
Et j'ay pris soin qu'il sceut ce que je veux qu'il die;
J'ay feint de craindre fort que son Maistre en sceut
rien,
Expres.... Voyez, Monsieur, si je le connoy bien.

LE

LE MARQUIS.

Entrons, l'occasion ne peut estre meilleure.

Ils entrent dans la Chambre d'Isabelle.

SCENE IV.

ACANTE, CHAMPAGNE.

CHAMPAGNE.

C'Est luy, nous arrivons, Monsieur, à la bonne (heure.

ACANTE.

Ah! c'en est trop, je veux....

CHAMPAGNE.

Monsieur, que voulez-vous?

ACANTE.

Je ne veux croire icy que mes transports jaloux.

CHAMPAGNE.

Mais, Monsieur.

ACANTE.

Laisse-moy, si tu crains ma colere.
Ils ont fermé la porte.

CHAMPAGNE.

Ils ont peut-estre affaire;
Les mysteres d'amour doivent estre cachez.

ACANTE.

Heurtons; On n'ouvre pas?

CHAMPAGNE.

C'est qu'ils son empeschez.
Voyez par le trou. Bon.

ACANTE *apres avoir regardé par le trou de la serrure.*

Qu'elle ait si peu de honte!

CHAMPAGNE.

Vous n'avez donc rien veu qui vous plaise, à ce côte?

ACAN

ACANTE.

Qui l'eût pensé?

CHAMPAGNE.

Quoy donc? qui peut tant vous troubler?

ACANTE.

L'Ingrate! ô Ciel! J'ay veu.... Je ne sçaurois parler.

CHAMPAGNE.

Vous avez donc, Monsieur, veu chose bien terrible?

ACANTE.

Je l'ay veuë elle-mesme, ah! qui l'eût crû possible?
Enfermer le Galant d'un air tout interdit.

CHAMPAGNE.

Où?

ACANTE.

Dans son Cabinet, à costé de son lit.

CHAMPAGNE.

Voyez-vous la rusée avec son innocence!
Diable!

ACANTE.

Il faut redoubler.

CHAMPAGNE.

Un peu de patience,
On vient.

SCENE V.

LAURETTE, ACANTE, CHAMPAGNE.

LAURETTE.

Qui heurte icy?

CHAMPAGNE.

Ne vois-tu pas qui c'est?

ACAN-

ACANTE.

Oüy, c'est moy.

LAURETTE.

Vous, Monsieur, excusez, s'il vous plaist,
J'ay charge, si c'est vous, de refermer la porte.

ACANTE.

Isabelle ose ainsi.... Mais à tort je m'emporte;
Non, non, elle a raison de me traitter ainsi;
Je l'incommoderois, & le Galant aussi.

LAURETTE.

Quel Galant?

ACANTE.

Le Galant qu'elle enferme chez elle.

LAURETTE.

Voicy de nostre amy quelque piece nouvelle.

CHAMPAGNE.

Je n'ay pû m'en tenir, j'ay tout dit; Que veux-tu?
J'aurois trahy Monsieur, s'il n'en avoit rien sceu.

LAURETTE.

Qu'auroit-il pû sçavoir de ton babil extréme?

CHAMPAGNE.

Eh....

LAURETTE.

Quoy?

ACANTE.

Le rendez-vous que j'ay sceu de toy-méme.

LAURETTE.

Quel rendez-vous? comment? qu'oses-tu suposer?

ACANTE.

Et tu pretens qu'ainsi je me laisse abuser?
Tu veux chercher en vain une meschante ruse.

LAURETTE.

En bonne foy, Monsieur, c'est luy qui vous abuse.

CHAM-

CHAMPAGNE.

Tu me démentirois?

LAURETTE.

Que ne parles-tu mieux
D'une Fille d'honneur?

CHAMPAGNE.

Démens aussi mes yeux.

LAURETTE.

Qu'auriez-vous veu, Monsieur?

ACANTE.

J'ay trop veu par sa gloire,
J'ay veu.... Non, sans le voir, je ne l'aurois pû croire;
J'ay veu le digne objet dont son cœur est épris,
Se couler doucement chez elle en manteau gris.
Je n'ay point veu Laurette en prendre la conduite!
Le faire entrer sans bruit! fermer la porte en suite!
Avoir soin du Galant, & de sa seureté!
Enfin par la serrure, apres avoir heurté,
Je n'ay point veu l'Ingrate avec un trouble extréme,
A costé de son lit l'enfermer elle-méme!
Ose, ose le nier.

CHAMPAGNE.

Que dis-tu de cela?
Explique nous un peu quelle affaire il a là.
Avec ton bel esprit tu ne sçais que répondre.

LAURETTE.

C'est.... J'ay.... Je...

CHAMPAGNE.

Tu ne fais, ma foy, que te confondre;
Croy-moy, fay mieux, avouë.

ACANTE.

En cette occasion,
Faut-il quelque autre aveu que sa confusion?

Son

Sō silence en dit plus qu'on n'en veut sçavoir d'elle,
Il faut que j'aille aussi confondre l'infidelle,
Que j'éclate....

LAURETTE

Eh, Monsieur! ne soyez pas si prompt;
Quelle gloire aurez-vous de luy faire un affront;
De faire un tort mortel à l'honneur d'une Fille?
Si sage jusqu'icy, de si bonne famille?
De plus, qui vous fut chere? Enfin, songez-y bien,
Vous estes hōneste Homme, & vous n'en ferez rien:
Un mépris genereux, s'il vous estoit possible,
Seroit pour vous plus beau, pour elle plus sensible.

ACANTE.

La voicy.

SCENE VI.

ISABELLE, ACANTE, LAURETTE, CHAMPAGNE.

LAURETTE *à Isabelle.*

C'Est Monsieur qui m'arreste en ces lieux.

ACANTE *à Champagne.*

Elle est toute interdite.

ISABELLE *à Laurette.*

Il paroist furieux.

LAURETTE *à Isabelle.*

Tandis que j'auray soin d'amuser sa colere,
Vous ferez bien d'aller avertir vostre Mere.

ACANTE *à Isabelle.*

Quoy! sans rien dire ainsi, passer en m'évitant?

LAURETTE.

Elle a haste, Monsieur, & Madame l'attend.

ISABELLE.

Il vous importe peu qu'ainsi je me retire;
Nous n'avons, que je croy, Mõsieur, rien à nous dire:
Vous ne me cherchez pas.

ACANTE.

Je serois mal receu;
Je cherche mon Cousin, ne l'auriez-vous point veu?

LAURETTE.

Non, Monsieur. Souffrez-vous qu'ainsi l'on vous amuse?

ACANTE.

Et quoy! vous paroissez & surprise, & confuse?
D'où naist cette rougeur?

ISABELLE.

C'est d'un juste courroux.

ACANTE.

Enfin donc, mon Cousin n'est pas venu chez vous?

ISABELLE.

Il y pouvoit venir, s'il vous eût plû permettre
Que jusqu'entre ses mains on eût porté ma Lettre;
Mais l'ayant déchirée, il n'en a rien appris.

ACANTE.

C'estoit pour mon Cousin?

ISABELLE.

Vous en semblez surpris?
Laurette n'a pas dû vous en faire un mystere.

LAURETTE.

Mon Dieu! vous vous ferez crier par vostre Mere;
D'un éclaircissement vous vous passerez bien.

ISABELLE.

C'est un soin en effet qui n'est plus bon à rien.

ACANTE *arrestant Isabelle.*

Auprès de vostre Mere, au moins, sans trop d'audace,
Pourrois-je encor de vous esperer une grace?

Vostre

Vostre Mere estant veufve avec tant de beautez,
On va venir briguer son choix de tous costez;
Vostre suffrage y peut estre considerable,
Et j'ose vous prier qu'il me soit favorable.
Nul ne peut mieux que vous parler en ma faveur?
Vous avez fait l'essay vous-méme de mon cœur,
Vous sçavez cõme il aime, il fut sous vostre Empire,
Vous sçavez....

ISABELLE.

Oüy, Monsieur, je sçay ce qu'il faut dire.

SCENE VII.

ACANTE, LAURETTE, CHAMPAGNE.

CHAMPAGNE.

ELle est au desespoir, Laurette l'a bien dit, (pit;
Vous ne luy pouviez pas faire un plus grand dé-
Elle sort toute outrée, & l'atteinte est cruelle.

ACANTE.

Cependant le Marquis est enfermé chez elle?

LAURETTE.

Je prendray soin, Monsieur, si-tost qu'il sera nuit,
De le faire sortir sans scandale & sans bruit;
Fut-il déja bien loin; si l'on m'en avoit cruë,
Isabelle en secret n'eût point souffert sa veuë,
N'eut jamais accordé ce rendez-vous maudit:
Enfin pour l'empescher, Dieu sçait ce que j'ay dit;
Mais elle m'a parlé d'une facon si tendre,
Que ma sotte bonté ne s'en est pû defendre:
Je suis trop complaisante, & je m'en veux du mal.

ACANTE.

Mais je veux voir sortir moy-mesme ce Rival.

LAURETTE.

Tout comme il vous plaira, j'y cõsens, mais de grace,
Que la chose entre vous avec douceur se passe;
Jugez ce qu'on croiroit, si vous faisiez éclat,
Le monde est si meschant, l'honneur si délicat;
De ce qui s'est passé, la moindre connoissance
Peut faire étrangement parler la médisance:
Les meschants bruits, sur tout, ont cela de mauvais,
Que les taches qu'ils font ne s'effacent jamais;
Et si vous épousiez quelque jour Isabelle....

ACANTE.

Moy, l'épouser apres ce que j'ay connu d'elle!
Apres la trahison dont je fus éclaircy!
Apres l'indigne amour dont son cœur s'est noircy!
Je cherche à m'en venger, c'est tout ce que j'espere.

LAURETTE.

Si je puis vous servir pour épouser sa Mere,
Je vous offre mes soins, & sans déguisement....

ACANTE.

Mais ne pourrois-je pas m'en venger autrement?

LAURETTE.

Non, Monsieur, que je sçache: Il est vray, ma Maîtres-
Tente moins que sa Fille, & n'a pas sa jeunesse, (se
Son éclat, sa beauté: mais au lieu de cela,
Si vous sçaviez, Monsieur, les beaux Loüis qu'elle a,
Les Escus d'or mignons, & le nombre innombrable
De grands sacs d'Escus blancs.

CHAMPAGNE.

Peste! qu'elle est aimable!
Epousez-la, Monsieur, s'il se peut dés ce soir.

ACANTE.

Qu'Isabelle ait ainsi pû trahir mon espoir!

CHAM-

CHAMPAGNE.

Moquez-vous d'Isabelle, & de son inconstance.

ACANTE.

Oüy.... Mais sa Mere sort.

SCENE VIII.

ISMENE, ACANTE, LAURETTE, CHAMPAGNE.

ISMENE.

CRaignez-vous ma presence?

ACANTE.

La peur d'estre importun me faisoit détourner.

ISMENE.

Vous ne sçauriez, Monsieur, jamais importuner;
Des soins de mes Amis je me tiens obligée;
Mais on fuit volontiers une veufve affligée;
Car puis qu'il plaist au Ciel, trop contraire à mes voeux,
Mon veufvage à present n'a plus rien de douteux.

LAURETTE.

Monsieur sçait tout, Madame, & cherit la famille,
Il a fait compliment pour vous à vostre Fille;
Vous l'a-t'elle pas dit?

ISMENE.

Quel esprit déloyal!
Ma Fille, de Monsieur, ne m'a dit que du mal,
Je n'ay jamais tant veu de colere & de haine,
Et ne l'ay mesme enfin, fait taire qu'avec peine.

ACANTE.

Elle me fait plaisir: injuste comme elle est,

Sa

Sa colere m'oblige, & sa haine me plaist,
Je me tiens honoré du mépris qu'elle exprime,
Et j'aurois à rougir, si j'avois son estime.

ISMENE.

J'ay regret de vous voir tous deux si des-unis,
Je vous aimay toûjours autant & plus qu'un Fils;
Le Ciel m'en est témoin, & que vostre alliance
A fait jusques icy ma plus chere esperance.

LAURETTE.

Si ces noeuds sont rompus, il en est de plus doux
Qui pourroient renoüer l'alliance entre vous:
Monsieur peut rencontrer dans la mesme famille
Dequoy se consoler des mépris de la Fille;
Et Madame voyant Monsieur mal satisfait,
Peut reparer le tort que sa Fille luy fait:
Vous estes en estat tous deux de mariage.

ISMENE.

Laurette, en verité, vous n'estes guere sage.

LAURETTE.

Sage, ou non; croyez-moy tous deux à cela pres;
Pour Monsieur, j'en répons, je sçay ses voeux secrets.
Il souhaite ardemment une union si belle,
C'est vous qu'il veut aimer, c'est vous....

ACANTE.

Ah! l'infidelle!

ISMENE.

Monsieur songe à ma Fille, & n'y renonce pas.

ACANTE.

Moy, Madame, y songer! j'aurois le cœur si bas!
De cette lâcheté vous me croiriez capable?

LAURETTE.

Non, c'est luy faire tort, cela n'est pas croyable,
Quoy que luy fasse dire un transport de courroux,
Mon-

Monsieur asseurément ne veut songer qu'à vous.

ACANTE.

Madame, il est certain, jamais, je le confesse,
L'Amour n'a fait aimer avec tant de tendresse,
N'a jamais inspiré dans le cœur d'un Amant
Rien qui fut comparable à mon empressement,
Rien d'égal à l'ardeur pure, vive, fidelle,
Dont mon ame charmée adoroit Isabelle.
Vous voyez cependant comme j'en suis traitté.

ISMENE.

La Jeunesse, Monsieur, n'est que legereté;
Au sortir de l'enfance une ame est peu capable
De la solidité d'un amour raisonnable,
Un cœur n'est pas encor assez fait à seize ans,
Et le grand art d'aimer veut un peu plus de temps:
C'est apres les erreurs où la Jeunesse engage,
Vers trente ans, c'est à dire environ à mon âge,
Lors qu'on est de retour des vains amusemens
Qui détournent l'esprit des vrais attachemens;
C'est alors qu'on peut faire un choix en asseurance,
Et c'est là proprement l'âge de la constance;
Un esprit jusques là n'est pas bien arresté,
Et les cœurs pour aimer ont leur maturité.

ACANTE.

Mais, Madame, apres tout, qui l'eut crû d'Isabelle?
Isabelle inconstante! Isabelle infidelle!
Isabelle perfide, & sans se soucier....

ISMENE.

Quoy! toûjours Isabelle?

ACANTE.

Ah! c'est pour l'oublier,
Et je veux, s'il se peut, dans mon dépit extréme,
Arracher de mon cœur jusques à son nom méme?

Je veux n'y laisser rien de ce qui me fut doux :
Grace au Ciel, c'en est fait.

LAURETTE.

C'est fort bien fait à vous.

ACANTE.

J'en fay Juge Madame, & veux bien qu'elle die
S'il est rien de si noir que cette perfidie :
Apres tant de sermens, & si tendrement faits,
De nous aimer toûjours, de ne changer jamais,
Isabelle aujourd'huy, cette mesme Isabelle....
Madame, obligez-moy, ne me parlez plus d'elle.

ISMENE.

C'est vous qui m'en parlez.

ACANTE.

Ce sont tous ces endroits,
Où l'Ingrate a promis de m'aimer tant de fois ;
Ces lieux témoins des nœuds dont son cœur se dé-
De qui l'objet encor m'en rappelle l'image; (gage,
Et pour marquer l'ardeur que j'ay d'y renoncer,
Je ne veux plus rien voir qui m'y fasse penser.
Tout me parle icy d'elle, il vaut mieux que je sorte.

LAURETTE *arrestant Acante qui veut passer par la Chambre d'Ismene.*

Par où donc allez-vous ?

ACANTE.

Je ne sçay, mais n'importe,
Par le petit degré l'on descend aussi bien.

ISMENE.

Ma Fille est là-dedans.

ACANTE.

Ah! je m'en ressouvien,
Il n'est pas en effet à propos que j'y passe ;
Sans vous je l'oubliois, & vous m'avez fait grace.

SCENE

SCENE IX.

ISMENE, LAURETTE.

ISMENE.

FAy sortir le Marquis.

LAURETTE.

Vous, du mesme moment,
Taschez de profiter d'un premier mouvement,
Pour le Pere d'Acante engagez Isabelle.

ISMENE

J'y vais, je l'ay laissé dans ma Chambre avec elle:
Mais tu m'avois parlé d'un Vieillard ...

LAURETTE.

Je l'attens,
Et vous verrez bien-tost tous vos desirs contens.

ISMENE.

Helas!

LAURETTE.

Comment helas! pour vous rendre contente,
Que vous faut-il de plus, que d'épouser Acante?

ISMENE.

Qu'il m'aimat, que ma Fille eût pour luy moins (d'attrais:
Tu vois....

LAURETTE

Prenez-vous garde à cela de si pres?
Epousez-le toûjours.

ISMENE.

Quoy! qu'un cœur m'appartienne!
Qu'il faille que ma Fille à ma honte retienne!
Crois-tu qu'il soit au monde un plus grãd desespoir?

LAURETTE.

Rien n'est encore fait, & c'est à vous à voir :
Si vous voulez tout rompre, un mot pourra suffire,
Vous n'avez....

ISMENE.

Ce n'est pas ce que je te veux dire.
Acante, tel qu'il est, n'est pas à negliger ;
Et quand ce ne seroit qu'afin de me venger,
Que pour punir ma Fille, épousant ce qu'elle aime,
Cet Hymen m'est toûjours d'une importance ex-(tréme.

LAURETTE.

Tâchons donc d'achever, tout commence assez bien.

ISMENE.

Agy de ton costé, je vais agir du mien.

Fin du Quatriéme Acte.

ACTE

ACTE V.

SCENE PREMIERE.

LE MARQUIS, CHAMPAGNE, LAURETTE.

LAURETTE *voyant Champagne au guet qui se retire dés qu'il apperçoit le Marquis.*

L'AVEZ-vous veu Monsieur?

LE MARQUIS.

Quoy! qu'as-tu veu paraistre?

LAURETTE.

L'Amy Champagne au guet pour avertir son Maistre;
Il veut vous voir sortir, souvenez-vous donc bien,
S'il vient à vous parler....

LE MARQUIS.

Va, je n'oubliray rien:
Jamais Homme à la Cour, sans trop m'en faire accroire
N'a sceu si bien que moy tourner tout à sa gloire,
De rien faire mystere, & de peu fort grand cas,
Et triompher enfin des faveurs qu'il n'a pas.
Si je parle au Cousin, croy qu'il n'est peine égale
Aux Couleuvres, morbleu, que je veux qu'il avale;
C'est ma felicité de faire des jaloux;
Je tiens que dans la vie il n'est rien de si doux;
Le triomphe, à mon gré, vaut mieux que la victoire,
Et l'on n'a de bonheur qu'autant qu'on en fait croi-(re,
Le Cousin passera mal le temps avec moy.

LAURETTE.

J'entens quelqu'un, adieu.

SCENE II.

AÇANTE, CHAMPAGNE, LE MARQUIS.

ACANTE *empeschant Champagne de s'avancer.*

LAisse-nous, je le voy.

Au Marquis en luy ostant son manteau.

Non, non, ne croyez pas m'échaper de la sorte.

LE MARQUIS.

C'est moy, Cousin, permets de grace que je sorte,
Pour n'estre point connu j'ay certains interests....

ACANTE.

Ecoutez quatre mots, vous sortirez apres.

LE MARQUIS.

Je voy bien que tu veux me parler de ton Pere,
Mon soin est inutile, il est toûjours severe,
J'ay prié de mon mieux en vain en ta faveur,
Je ne sçay ce qui peut endurcir tant son cœur,
Je n'ay pû l'émouvoir, il n'est rien qui le touche.

ACANTE.

Mais le cœur d'Isabelle est-il aussi farouche?

LE MARQUIS.

Comment?

ACANTE.

Vous l'ignorez?

LE MARQUIS.

Qu'entens-tu donc par là?

ACANTE.

Vos nouvelles amours.

LE

LE MARQUIS.

Cousin, laissons cela:
Là-dessus en Amy tout ce que je puis faire (taire.
De mieux pour ton repos, croy-moy, c'est de me

ACANTE.

Ne me déguisez rien, j'ay tout appris d'ailleurs.

LE MARQUIS.

N'importe, je craindrois d'irriter tes douleurs,
Je voy trop quel chagrin en secret te devore;
Adieu, dispense-moy de t'affliger encore.

ACANTE.

Non, je puis sans chagrin sçavoir vostre bonheur,
Isabelle à present ne me tient plus au cœur;
Je voy son changement avec indiference,
Et vous m'en pouvez faire entiere confidence;
Je me sens bien guery, ne craignez rien pour moy.

LE MARQUIS.

Tout de bon?

ACANTE.

Tout de bon.

LE MARQUIS.

Tu fais fort bien, ma foy:
Mépriser le mépris, rendre haine pour haine,
Est le party qu'il faut qu'un honneste Hõme prenne:
Isabelle, apres tout, n'a rien fait d'étonnant,
Tu luy plûs autrefois, je luy plais maintenant.
Durãt quatre ou cinq ans son cœur fut ta conqueste,
Du Sexe dont elle est, le terme est bien honneste,
Tu ne dois pas t'en plaindre, & je la quitte à moins.

ACANTE.

Avez-vous pour luy plaire employé bien des soins?

LE MARQUIS.

Moy! des soins pour luy plaire! un tel soupçon m'offense,

Mes ſoins ſont pour des choix de plus grande importance;
A moins d'eſtre Ducheſſe, on ne peut m'engager,
Et le cœur que tu perds me vient ſans y ſonger.

ACANTE.

Vous voyez toutesfois en ſecret Iſabelle?

LE MARQUIS.

Elle m'en a prié, je n'ay pû moins pour elle;
On doit eſtre civil, ſi l'on n'eſt pas Amant;
Peut-on en galant Homme en uſer autrement?

ACANTE.

Mais enfin dans l'ardeur dont elle eſt poſſedée,
Quelle marque d'amour vous a-t'elle accordée?
Comment en uſe-t'elle avec vous en ſecret?

LE MARQUIS.

Tu peux croire....

ACANTE.

Hem.

LE MARQUIS

Couſin, il faut eſtre diſcret;
Tu t'émeus, parle-moy franchement, je te prie,
Tout ce que j'en ay fait n'eſt que galanterie,
Je ſuis trop ton amy pour te rien refuſer;
Et ſi le cœur t'en dit, tu la peux épouſer.

ACANTE.

C'eſt pour moy trop d'honneur, & je cede la place:
Mais pourrois-je de vous attendre une autre grace?

LE MARQUIS.

Parle, je ſuis à toy, mais, morbleu, tout de bon.

ACANTE.

Faloit-il pour cela m'arracher ce bouton?

LE MARQUIS.

C'eſt pour mieux t'exprimer, Couſin, dequel cou-(rage....

ACAN-

ACANTE.

Au moins, je ne puis pas reculer davantage.

LE MARQUIS.

Là, reprend du terrain.

ACANTE.

Pourroit-on ſeul vous voir
En quelque, endroit demain....

LE MARQUIS

Si tu veux dés ce ſoir.
Pourquoy?

ACANTE.

Vous n'avez là qu'un couteau, que je penſe?

LE MARQUIS

Non.

ACANTE.

Prenez une épée & bonne & de defenſe.

LE MARQUIS.

As-tu quelque querelle?

ACANTE.

Oüy, qu'il faudra vuider.

LE MARQUIS.

Mais eſt-ce un different qu'on ne puiſſe accorder?

ACANTE.

Non, il n'eſt point d'accord pour de pareils outrages.

LE MARQUIS.

Appren-moy donc, au moins, contre qui tu m'enga-(ges.

ACANTE.

Vous n'avez pas compris à quoy je me reſous,
Je veux me battre ſeul.

LE MARQUIS.

Fort bien.

ACANTE.

Mais contre vous.

LE MARQUIS.

Pour moy je ne me bats qu'en rencôtre impréveuë.

ACANTE.

Hé bien, soit, descendons à l'instant dans la ruë.

LE MARQUIS.

Mais quel tort t'ay-je fait? examinons en quoy :
Si ta Maistresse m'aime, est-ce ma faute à moy?
Un Homme recherché peut-il de bonne grace....

ACANTE.

Quoy qu'il en soit, il faut que je me satisface ;
Nous nous battrons là bas, si vous avez du cœur.

LE MARQUIS.

Quoy qu'il en soit, Cousin, je suis ton serviteur,
Je n'ay point pretendu te faire aucune injure,
Et ne me battray point contre toy, je te jure.

ACANTE.

L'honneur vous touche ainsi?

LE MARQUIS.

Pour estre décrié.
Mon hôneur dans le monde est sur un trop bon pied,
Et j'ay fait assez voir de marques de courage,
Pour n'avoir pas besoin d'en donner davantage.

ACANTE.

Si vous ne me suivez....

LE MARQUIS.

Cousin, en verité,
Tu pourrois voir enfin rabattre ta fierté.

ACANTE.

Venez, ou je vous tiens pour le dernier des Hommes.

LE MARQUIS.

Ah! si nous n'estions pas Cousins comme nous sommes!

ACANTE.

Ah! si vous estiez brave!

LE MARQUIS.

Encor un coup, Cousin,
Quand on me presse trop, je m'échauffe à la fin ;
Et si tu me fais mettre une fois en furie,
J'iray, vois-tu, j'iray....

ACANTE.

Venez donc, je vous prie.

LE MARQUIS.

Hé bien donc, puis qu'ainsi tu me pousses à bout,
J'iray trouver ton Pere, & je luy diray tout ;
Il est icy.

ACANTE *mettant l'épée à la main.*

Je cede enfin à ma colere.

LE MARQUIS.

Hé, Cousin.

ACANTE.

Defend toy, quelqu'un sort, c'est mon Pere.

SCENE III.

CREMANTE, LE MARQUIS, ACANTE.

LE MARQUIS.

MAintenant....

CREMANTE.

Qu'est-ce icy? Quel desordre nouveau !
Une Brette à la main contre un petit Couteau!
Lâche! attaquer Monsieur avec cet avantage !

LE MARQUIS.

On ne prend garde à rien, quand on a du courage.

ACANTE.

Vous témoignez, sans doute, un courage fort grand.

CREMANTE.

Taisez-vous. Mais, Monsieur, quel est ce different?

LE MARQUIS.

Pour Isabelle encor, il s'émeut, il s'emporte.

CREMANTE.

Pour Isabelle! Il suit mes ordres de la sorre.

LE MARQUIS.

S'il n'avoit point esté mon Cousin, vostre Fils....

CREMANTE.

Viste, qu'on fasse excuse à Monsieur le Marquis.

ACANTE.

Moy! je ferois, Monsieur, excuse à qui m'offense?

CREMANTE.

N'importe, je le veux.

LE MARQUIS.

Non, non, je l'en dispense;
Et de peur contre luy de me mettre en courroux,
Je vay me retirer, & le laisse avec vous.

SCENE IV.

CREMANTE, ACANTE.

CREMANTE.

QUoy! le joly Garçon! avoir l'impertinence
De choquer un Parent de cette consequence,
Et pour comble d'audace & de crime aujourd'huy,
Oser pour Isabelle estre mal avec luy?
Une Fille à vos vœux desormais interdite?
Pour qui le moindre soin de vostre part m'irrite?
Que je vous ay cent fois ordonné d'oublier?
Une Fille, en un mot, qui se va marier?

ACANTE.

Se marier, Monsieur!

CREMANTE.

C'est une affaire faite;
La Fille en est d'accord, la Mere le souhaite.

ACANTE.

Et ce sera bien-tost?

CREMANTE.

Ce sera, que je croy,
Dans huit jours au plus-tard.

ACANTE.

Mais à qui donc?

CREMANTE.

A moy?

ACANTE.

A vous?

CREMANTE.

Oüy.

ACANTE.

Vous?

CREMANTE.

Moy-méme.

ACANTE.

Epouser Isabelle,
Vous qui condamniez tant mon Hymen avec elle?
Qui blâmiez ce Party lors qu'il m'estoit si doux?

CREMANTE.

Je l'ay trouvé pour moy plus propre que pour vous.

ACANTE.

Vous oubliriez ainsi la parole donnée?

CREMANTE.

Isabelle, il est vray, vous estoit destinée.

ACANTE.

Jadis son Pere, & moy, comme Amis dés longtemps,
Nous nous estions promis d'unir nos deux enfans:

S'il estoit revenu, vous auriez eu sa Fille,
Mais sa mort change enfin l'estat de sa Famille,
Et pour plusieurs raisons, je trouve qu'en effet,
Tout bien consideré, ce n'est pas vostre fait.
Sa veufve l'est bien mieux, vous aimez la dépense,
Isabelle pour dot n'a qu'un peu d'esperance,
Sa Mere maintenant joüit de tout le bien,
Et n'entend pas encor se dépoüiller de rien;
Elle ne luy promet qu'une legere somme,
Il faut qu'un mariage establisse un jeune Homme,
Qu'il trouve en s'engageāt du bien pour vivre heu-
Ou pour toute sa vie il est seur d'estre gueux. (reux,
L'Amour perd la jeunesse, & pour une jeune Ame
Rien n'est si dangereux qu'une trop belle Femme;
C'est ce qui rend souvent le cœur effeminé.
Pour moy qui suis d'un âge au repos destiné,
Je ne suis pas en droict d'estre si difficile,
Et je puis préferer l'agreable à l'utile.
Apres tant de travaux, tant de soins importans,
Où j'ay sacrifié les plus beaux de mes ans,
Il est bien juste enfin que suivant mon envie,
Je tâche de sortir doucement de la vie,
Et qu'avant que d'entrer au cercueil où je cours,
J'essaye à bien user du reste de mes jours.
Je voy que ces raisons ne vous contentent guere;
Mais enfin je suis libre, & de plus vostre Pere,
Je n'ay pas, Dieu mercy, besoin de vostre aveu,
Et que je l'aye, ou non, cela m'importe peu.

ACANTE.

Si vous connoissiez bien ce que c'est qu'Isabelle,
Son peu de foy....

CREMANTE.

Gardez d'oser parler mal d'elle,
Elle

Elle est presque ma Femme; & deja m'appartient,
Et si vous l'offensez... Mais la voicy qui vient.

SCENE V.

ISABELLE, CREMANTE, ACANTE.

CREMANTE.

Vous quittez donc, déja, Madame vostre Mere ?

ISABELLE.

Un Vieillard l'entretient d'une secrette affaire;
Champagne la conduit par le petit degré,
Et l'on m'a fait sortir si-tost qu'il est entré.

CREMANTE.

Vous me trouvez outré d'une juste colere.

ISABELLE.

Contre qui donc, Monsieur?

CREMANTE.

Contre un Fils temeraire.

ISABELLE.

Quel sujet cōtre luy vous peut mettre en courroux?

CREMANTE.

Quel sujet ? L'Insolent veut médire de vous,
Il voudroit empescher nostre heureux mariage:
Mais mon cœur à ce choix trop fortement s'engage....

ISABELLE.

Se peut-il que Monsieur, engagé comme il est,
Prenne en ce qui me touche encor quelque interest?

CREMANTE.

C'est malice, ou dépit, mais vous m'estes si chere....

ACANTE.

Si j'y prens interest, ce n'est que pour mon Pere.

CREMANTE.

Dequoy vous meslez-vous, vous qui parlez si haut?

Pensez-

Pensez-vous mieux que moy ſçavoir ce qu'il me
Allez, ma belle Enfant, malgré luy je deſire....(faut?

ISABELLE.

Mais, Monſieur, mais encor, qu'eſt-ce qu'il pouroit

CREMANTE. (dire?

Je n'en veux rien ſçavoir, & déja comme Epoux,
J'ay tant d'affection, tant d'eſtime pour vous....

ISABELLE.

Je mets au pis, Monſieur, toute ſa médiſance ;
S'il me peut accuſer, c'eſt de trop d'iñocence, (cher;
D'avoir un cœur trop tendre, & qu'il ſçeut trop tou-
C'eſt tout ce que je croy qu'il me peut reprocher.

ACANTE.

Ah! ſi je n'avois point autre reproche à faire !

CREMANTE.

Ou je parle, ou je ſuis, meſlez-vous de vous taire,
Autrement....

ACANTE.

Je me tais; mais ſi j'oſois parler,
Si vous ſçaviez, Monſieur....

CREMANTE.

Quoy! toûjours vous troubler!
Vous pouvez là dehors jazer tout à voſtre aiſe.

ACANTE.

Je ne diray plus rien, Monſieur, qui vous déplaiſe.

CREMANTE.

Je luy defens de dire un ſeul mot contre vous,
L'Ingrat merite aſſez déja voſtre courroux :
Vous le haïriez trop.

ISABELLE.

Non, non, laiſſez-le dire,
Ma haine encor n'eſt pas au poinct que je deſire ;
Laiſſez-le de nouveau m'outrager, me trahir,

Laiſſez-

Laissez-le enfin, Monsieur, m'aider à le haïr.

ACANTE.

Je n'ay que trop de lieu de vous pouvoir confondre.

CREMANTE.

Plaist-il ?

ACANTE.

Je ne dis rien, je ne fay que répondre.

CREMANTE.

On ne vous parle pas pour la derniere fois ;
Taisez-vous, ou sortez, je vous laisse le choix.

ISABELLE.

Il se taira, Monsieur.

CREMANTE.

J'entens qu'il considere
Sa Belle-mere en vous.

ACANTE.

Elle ma Belle-mere !

CREMANTE.

Vous voyez à ce nom comme il est irrité.

ISABELLE.

Je ne l'aurois pas eu, s'il l'avoit souhaité ;
Il sçait bien à quel poinct il avoit sceu me plaire.

CREMANTE.

Ne vous amusez pas à vous mettre en colere,
Il n'en vaut pas la peine.

ISABELLE.

Oüy, l'Ingrat aujourd'huy
Ne vaut pas en effet qu'on pense encor à luy.

CREMANTE.

C'est un impertinent.

ISABELLE.

Cependant je confesse,
Qu'il fut l'unique objet de toute ma tendresse,

Qu'il avoit tous mes vœux pour estre mon Espoux.

CREMANTE.

Ah! quel meurtre, bon Dieu ç'auroit esté pour vous!
Si pour vostre malheur il vous eût épousée,
Il vous eût peu cherie, il vous eût méprisée ;
Vous n'auriez avec luy jamais pû rencontrer
Cent douceurs qu'avec moy vous devez esperer.
Je vous feray benir le choix qui nous engage.
Ah! si vous m'aviez veu dans la fleur de mon âge,
Je valois en ce temps cent fois mieux que mon Fils,
Et le vaux bien encor, malgré mes cheveux gris.
Je suis vieux, mais exempt des maux de la vieillesse,
Je me sens rajeunir par l'amour qui me presse,
Par des yeux si puissans, par des charmes si doux.
Hum.

ISABELLE.

Je vous plains d'avoir cette méchante toux.

CREMANTE *en toussant.*

Point, point, c'est une tous dont la cause m'est douce,
C'est de transport, enfin c'est d'amour que je tousse,
J'ay tant d'émotion....

SCENE VI.

CREMANTE, CHAMPAGNE, ISABELLE, ACANTE.

CHAMPAGNE *tirant Cremante par le bras.*

Monsieur?

CREMANTE.

Haye!

CHAMPAGNE.

Excusez.

Est-ce à l'endroit?....

CRE-

CREMANTE.

Lourdaut, si vous ne vous taisez....

CHAMPAGNE.

On auroit là-dedans quelque chose à vous dire.

CREMANTE.

J'y vais. Allez devant. Et vous?

ACANTE.

Je me retire;
N'en doutez point, Monsieur.

ISABELLE.

Monsieur peut croire aussy,
Que je n'ay pas dessein de demeurer icy.

CREMANTE.

Bon soir.

SCENE VII.

ACANTE, ISABELLE.

ACANTE *revenant sur ses pas.*

L'Ingrate encor ne s'est pas retirée.

ISABELLE.

Vous n'estes pas sorty?

ACANTE.

Vous n'estes pas rentrée?
Qui vous peut retenir?

ISABELLE.

Qui vous fait demeurer?

ACANTE.

Moy! rien, je vay sortir.

ISABELLE.

Je vais aussi rentrer.

ACANTE.

Quoy! vous me fuyez donc avec un soin extréme?

ISABELLE.

Moy! point, c'est vous, Monsieur, qui me fuyez vous-méme.

ACAN-

ACANTE.

C'est vous faire plaisir, au moins, je l'ay pensé.

ISABELLE.

Vous sçavez qu'autrefois.... Mais laissons le passé.

ACANTE.

Vous allez donc en fin estre ma Belle-mere?

ISABELLE.

Vous allez donc aussi devenir mon Beau-pere?

ACANTE.

Si j'ay changé, du moins, mon coeur quoy qu'incon-(stant,
Ne s'est guere éloigné de vous en vous quittant,
N'a passé qu'à la Mere, échapé de la Fille,
Et n'a pas mesme osé sortir de la Famille.

ISABELLE.

Vous voyez bien qu'aussi, prenant un autre Epoux,
Je tasche, en changeant méme, à m'aprocher de (vous:
Il est vray qu'on y peut voir cette difference,
Que vous changez par choix, moy par obeïssance.

ACANTE.

Mais vous obeïrez sans un effort bien grand.

ISABELLE.

Cela vous est, je pense, assez indifferent.

ACANTE.

Il me dévroit bien l'estre, apres l'injuste flame
Qu'un indigne Rival a surpris dans vostre ame.
Le Marquis....

ISABELLE.

Vous pourriez croire mon cœur si bas,
Si lâche....

ACANTE.

Eh quel moyen de ne le croire pas?

ISABELLE.

Il ne faloit avoir pour moy qu'un peu d'estime.
Suivez, Monsieur, suivez l'ardeur qui vous anime,
Rom-

Rompez l'attachement dont nous fusmes charmez,
Brisez les plus beaux nœuds que l'amour ait formez.
Puis qu'il vous plaist enfin, trahissez sans scrupule
Ces sermens si trompeurs, où je fus si credule,
Portez ailleurs des vœux qui m'ont esté si doux,
Mais épargnez au moins un cœur qui fut à vous;
Un cœur qui trop content de sa premiere chaisne,
La voit rompre à regret, & n'en sort qu'avec peine;
Un cœur trop foible encor, pour qui l'ose trahir,
Et qui n'estoit pas fait enfin pour vous haïr.

ACANTE.

Vous voulez m'abuser, en parlant de la sorte:
Hé bien, Ingrate, hé bien, abusez-moy, n'importe;
Trompez-moy, s'il se peut, l'abus m'en sera doux,
Mon cœur méme est tout prest de s'entendre avec vous;
Mais faites que ce cœur dont je ne suis plus maistre,
Soit si bien abusé, qu'il ne pense pas l'estre.
J'ay peine à croire encor tout ce que j'ay pû voir.

ISABELLE.

Mais quoy donc?

ACANTE.

Le Marquis caché chez vous ce soir,
Enfermé par vous-méme.

ISABELLE.

On m'avoit fait entendre
Que vous aviez querelle.

ACANTE.

Ah! c'est mal vous defendre.
Mais le Billet rompu pour le Marquis si doux....

ISABELLE.

Vous ne sçavez que trop qu'il n'estoit que pour (vous.

ACANTE.

Pour moy? N'avez-vous pas avoüé le contraire?

ISA-

ISABELLE.

Doit-on croire un aveu que le dépit fait faire ?
Croyez plûtost Laurette.

ACANTE.

Helas! si je la croy ;
Vous aimez le Marquis, vous me manquez de foy.

ISABELLE.

Laurette auroit bien pû me trahir de la sorte ?

SCENE DERNIERE.

ISABELLE, LAURETTE, ACANTE.

LAURETTE.

QUe me donnerez-vous pour l'avis que j'apporte ?

ISABELLE.

Perfide, te voila !

ACANTE.

Fourbe !

ISABELLE.

Esprit dangereux !

LAURETTE.

Est-ce ainsi qu'on reçoit qui vient vous rendre heu-(reux.

ISABELLE.

Toy qui nous a trahis !

LAURETTE.

Je n'en fay plus mystere,
J'ay fait pour broüiller tout ce que j'ay pû faire,
Mis le Marquis en jeu pour y mieux reüssir ;
Mais qui vous a broüillez, veut bien vous éclaircir.

ACANTE.

Tu ne meurs pas de honte !

LAURETTE.

Hé pourquoy, je vous prie,
Est-ce une honte à moy qu'un peu de fourberie ?
N'est-ce pas mon devoir ?

ISA-

ISABELLE.

Ton devoir?

LAURETTE.

En effet,
Que pouuez-vous blâmer en tout ce que j'ay fait?
Je n'ay qu'executé l'ordre de vostre Mere;
Vostre Amant, par malheur, avoit trop sceu luy plai-
Sans doute elle avoit tort de vous l'oser ravir; (re,
Mais c'estoit ma Maistresse, & j'ay dû la servir.

ISABELLE.

Tu n'as point eu pitié du trouble où tu nous jettes?

LAURETTE.

Allez, le mal n'est pas si grand que vous le faites,
L'amour n'est que plus doux apres ces démeslez,
Et l'on s'en aime mieux, de s'estre un peu broüillez.

ACANTE.

Tu nous as cependant engagez l'un & l'autre.

LAURETTE.

Je viens faire cesser & sa peine, & la vostre;
Mais il faut composer pour un avis si doux.
J'entens qu'il me remette en grace aupres de vous.

ISABELLE.

Oüy; dy.

LAURETTE.

J'entens qu'aussi Monsieur soit sans colere
Pour nostre amy Champagne.

ACANTE.

Oüy, quoy qu'il ait pû faire,
Si tu veux l'épouser, je luy feray du bien;
Haste nostre bonheur, nous aurons soin du tien;
Instruy nous du succés qui nous rend l'esperance.

LAURETTE.

Le Vieillard que Champagne avoit conduit en Fran-
Que ma Maistresse avoit fait pratiquer par nous, (ce,

Pour

Pour venir asseurer la mort de son Epoux, (me,
Pour ses pechez, sans doute, & pour sa honte extré-
Au lieu d'un faux témoin, est son Epoux luy-méme.

ISABELLE.

Mon Pere !

LAURETTE.

Oüy, c'est mon Maistre, il est fort irrité
De l'oubly de Madame en sa captivité :
De se faire connoistre il a sceu se defendre,
Exprés pour la confondre, & pour la mieux surpré-
Vostre bonheur est seur par ce heureux retour. (dre:

ACANTE. (mour.

Nous devons craindre encor mon Pere, & son a-

LAURETTE.

Un amour de Vieillard aisément se surmonte,
Mon Maistre là-dessus l'a tant comblé de honte,
L'a si bien chapitré, qu'au poinct qu'il est confus,
Quand il voudroit vous nuire, il ne l'oseroit plus ;
Il faut qu'il tienne enfin sa parole donnée, (née.
Et mon Maistre au plûtost veut voir vostre Hyme-

ACANTE.

Se peut-il....

LAURETTE.

En transports ne perdez point de temps,
Venez trouver Celuy qui vous rendra contens,
Il brule de vous voir, & luy-mesme m'envoye....

ISABELLE.

Allons.

ACANTE.

Allons enfin voir combler nostre joye.

FIN.

www.ingramcontent.com/pod-product-compliance
Ingram Content Group UK Ltd.
Pitfield, Milton Keynes, MK11 3LW, UK
UKHW020254220726